Titolo originale: Lawful Wife

© 2025 Tina Folsom

Revisionato da Giulia Andreoli

Illustrazione di copertina: Tina Folsom

ALTRI LIBRI DI TINA

Vampiri Scanguards

Desiderio Mortale (Storia breve #½)

La Graziosa Mortale di Samson (#1)

L'Indomita di Amaury (#2)

L'Anima Gemella di Gabriel (#3)

Il Rifugio di Yvette (#4)

La Salvezza di Zane (#5)

L'Amore Infinito di Quinn (#6)

La Fame di Oliver (#7)

La Scelta di Thomas (#8)

Morso Silenzioso (#8 ½)

L'Identità di Cain (#9)

Il Ritorno di Luther (#10)

La Missione di Blake (#11)

Riunione Fatidica (#11 ½)

Il Desiderio di John (#12)

La Tempesta di Ryder (#13)

La Conquista di Damian (#14)

La Sfida di Grayson (#15)

L'Amore Proibito di Isabelle (#16)

La Passione di Cooper (#17)

Il Coraggio di Vanessa (#18)

Guardiani Furtivi

Amante Smascherato (#1)

Maestro Liberato (#2)

Guerriero Svelato (#3)

Guardiano Ribelle (#4)

Immortale Disfatto (#5)

Protettore Ineguagliato (#6)

Demone Scatenato (#7)

Vampiri di Venezia

Vampiri di Venezia – Novella Uno (#1)

Tresca Finale (#2)

Tesoro Peccaminoso (#3)

Pericolo Sensuale (#4)

Fuori dall'Olimpo

Un Tocco Greco (#1)

Un Profumo Greco (#2)

Un Sapore Greco (#3)

Un Silenzio Greco (#4)

Il Club degli Scapoli

Legittima Accompagnatrice (#1)

Legittima Amante (#2)

Legittima Sposa (#3)

Una Notte di Follia (#4)

Un Lungo Abbraccio (#5)

Un Tocco Ardente (#6)

Nome in Codice Stargate

Ace in Fuga (#1)

Fox allo Scoperto (#2)

Yankee al Vento (#3)

Tiger in Agguato (#4)

Hawk a Caccia (#5)

Time Quest

Ribaltare il Destino (#1)

L'Araldo del Destino (#2)

Thriller

Testimone Oculare

LEGITTIMA SPOSA

IL CLUB DEGLI SCAPOLI - LIBRO 3

TINA FOLSOM

1

Daniel si girò e passò un braccio intorno alla vita di Sabrina, avvicinandola in modo che la sua schiena fosse di fronte a lui. La sua erezione mattutina premeva contro il morbido e caldo fondoschiena di lei, sussultando impaziente. Dio, era affamato di lei. Come poteva non esserlo? Era così sexy e voluttuosa.

Erano momenti come quelli - svegliarsi con Sabrina tra le braccia - che gli facevano chiedere come avesse avuto la fortuna di trovarla. Anche al mattino, con i suoi lunghi capelli scuri in disordine, era bellissima. Ogni giorno diventava sempre più bella. La prima volta che l'aveva guardata e aveva fissato i suoi occhi verdi, aveva capito che doveva averla. Il fatto che ora fosse lì, tra le sue braccia, nel suo letto, era già di per sé un miracolo dopo tutti gli ostacoli che avevano incontrato nella loro strada verso la felicità. Ma avevano superato quegli ostacoli. Ora nulla poteva più andare storto. Tra pochi giorni, Sabrina sarebbe diventata sua moglie.

Sabrina gemette dolcemente e si mise più vicino a lui, strofinando il sedere sul suo cazzo dolorosamente duro. Lui le appoggiò le labbra sulla spalla e le dette piccoli baci sulla pelle calda, spingendole il cazzo tra le cosce.

«Mmm, che ore sono?» chiese lei con una voce sexy e carica di sonno che alimentò ancora di più il desiderio di Daniel.

«Quasi le sei», disse lui, spostando la bocca per mordicchiarle il lobo dell'orecchio. «Siamo dei pigroni».

Sabrina ridacchiò e il suono riverberò nel petto di lui, facendogli battere il cuore più velocemente mentre pompava altro sangue nelle vene, dirigendolo più a sud. «Schiavista!».

«Non è colpa mia», disse Daniel con leggerezza. «Ma qualcuno deve assicurarsi che tutto venga fatto».

Negli ultimi giorni erano stati a Montauk, la punta estrema di Long Island, comunemente nota anche come Hamptons, per stare con i genitori di lui e occuparsi degli ultimi preparativi per il matrimonio. Sabrina sembrava più esausta del solito e lui si chiedeva se il turbinio di attività che circondava il matrimonio le stesse dando alla testa. Doveva ammettere che la situazione era assurda e che entrambi avevano bisogno di un po' di normalità. E di qualcosa che alleviasse lo stress che entrambi stavano provando.

Aveva la cosa giusta per alleviare lo stress. Daniel fece scivolare la mano lungo il busto di lei e giù fino alla pancia, spingendola più vicino alla curva del suo corpo. Il sospiro di Sabrina confermò che era pienamente consapevole dell'erezione che ora scivolava tra le sue cosce e di ciò che lui intendeva fare con essa.

«Non dovremmo conservare le energie visto che oggi abbiamo molto da fare?» mormorò, mentre strofinava il sedere contro di lui e stringeva le cosce per catturare il suo cazzo tra di esse.

Daniel gemette mentre i muscoli di Sabrina cercavano di imprigionarlo.

«Fidati, questo non mi porterà via molta energia», le sussurrò all'orecchio e fece scivolare la mano sul suo sesso, avvolgendolo con la mano. «Mi viene naturale». Proprio come tutto ciò che aveva a che fare con Sabrina gli veniva naturale.

«Mmm». Sabrina accompagnò il proprio gemito allargando le cosce di un paio di centimetri, quanto bastava per permettergli di infilare le dita nel suo centro caldo.

«Inoltre, credo che tu ne abbia bisogno quanto me», aggiunse

Daniel e immerse le dita nella sua umidità. Il suo sesso era intriso della sua eccitazione. Il suo profumo ora arrivava fino a lui. «Dimmi perché sei già bagnata».

«Ho sognato».

«Che cosa?».

«Di svegliarmi con te dentro di me».

Le sue parole lo fecero diventare ancora più duro di quanto non fosse già. Ancora un po' e sarebbe esploso. «È un sogno molto sconcio».

Il suo dito ricoperto di rugiada le accarezzò la fessura e poi risalì verso il clitoride, sfiorando con decisione l'organo sensibile. Sabrina sussultò tra le sue braccia e un gemito le uscì dalle labbra.

«Sì, ne ho bisogno», ammise. «Gli ultimi giorni sono stati così stressanti».

Daniel appoggiò il viso nell'incavo del suo collo e inspirò il suo profumo. Sabrina indossava raramente il profumo. Tuttavia, c'era sempre un odore seducente intorno a lei. «Allora lascia che mi prenda cura di te, piccola».

Sabrina sollevò un po' la gamba, permettendogli di riposizionare il suo cazzo e di inclinarlo nel modo giusto, in modo che fosse in bilico all'ingresso del suo corpo.

Continuando a sfregare il suo clitoride con le dita, spinse i fianchi in alto e in avanti, facendo scivolare il suo cazzo dentro di lei. Sabrina gemette e il suono risuonò nella stanza. Per un breve istante Daniel si chiese se i genitori e gli altri ospiti della casa potessero sentirli, ma poi la sua attenzione tornò a Sabrina, quando lei fece scivolare la mano sulla sua e la premette più forte sul suo centro del piacere.

Un sorriso gli si formò sulle labbra. Adorava quando Sabrina mostrava il suo lato lussurioso. Quando lo incitava a prenderla più forte, a darle più piacere, a farla impazzire. Proprio come in quel momento gli stava dicendo che voleva che lui le accarezzasse il clitoride più intensamente, con maggiore pressione.

Mentre Daniel accarezzava il fascio di nervi reattivi con movimenti circolari, si tirò indietro e la penetrò di nuovo. Le sue palle sbattevano contro la carne di lei e il suo cazzo era conficcato in profondità nello stretto canale. Non sapeva come potesse essere ancora così stretta nonostante avesse fatto l'amore con lei praticamente ogni notte negli ultimi mesi. Ma lo apprezzava, perché faceva sentire ogni volta come la prima.

«Cazzo», gemette Daniel.

Daniel si immergeva senza sosta dentro e fuori di lei, allargandola e aumentando il ritmo. Sabrina rispondeva a ogni sua spinta con una spinta uguale e contraria, mentre lui continuava ad accarezzarle febbrilmente il clitoride, con il corpo di lei che ora dettava il ritmo dei suoi movimenti.

Sentiva il sudore accumularsi sul collo e sul busto, facendolo scivolare senza attrito contro la schiena e le cosce di Sabrina. Adorava prenderla così: quella posizione gli permetteva un controllo totale sul corpo di Sabrina e soddisfaceva il suo bisogno di possedere ogni centimetro di lei. Era una sensazione che lo assaliva sempre quando lei era tra le sue braccia. Quel sentimento faceva aumentare il suo bisogno di lei e lo rendeva più avventuroso a letto - e anche fuori - di quanto non fosse mai stato con nessun'altra prima di lei.

Quando faceva l'amore con Sabrina, non conosceva confini, né limiti. Ogni volta che pensava a qualcosa che potesse darle più piacere, metteva in atto la sua idea. La soddisfazione di Sabrina era la sua missione. E ogni volta che lei raggiungeva la piena soddisfazione, lui otteneva lo stesso appagamento. Stare con Sabrina era perfetto sotto ogni punto di vista.

Proprio come lo era in quel momento. Entrare nella sua apertura scivolosa era come immergersi in seta liquida, in un paradiso puro. Tutto il suo corpo ronzava di piacere. Le terminazioni nervose sulla sua pelle vibravano, formicolando piacevolmente, mentre le sue palle bruciavano per il bisogno di liberarsi.

Tra le sue braccia, Sabrina tremava, mentre il suo corpo si avvicinava sempre di più al culmine. Daniel lo sentiva dal modo in cui i suoi respiri diventavano irregolari e i suoi sospiri e gemiti aumentavano di frequenza e volume. Amava il fatto che si esprimesse così liberamente, che non si trattenesse quando era tra le sue braccia.

All'improvviso, i muscoli interni di Sabrina si strinsero intorno al suo cazzo.

«Piccola, mi stai uccidendo», riuscì a confessare prima che il suo cervello si spegnesse, privandolo della capacità di parlare.

L'unica cosa che contava ora erano le sensazioni che inondavano il suo corpo, le saette di fuoco che gli attraversavano il ventre quando gli spasmi di Sabrina lo avvolgevano. Non c'era più modo di trattenere l'orgasmo. Con un gemito animalesco si tuffò in lei, lasciando che la brama di lei lo sopraffacesse. L'ultimo filo del suo controllo si spezzò e, con un'altra potente spinta, sparò il proprio seme nel suo canale, riempiendola di quel liquido caldo, che sembrava essere ancora più abbondante del solito.

Non riuscì a fermare i suoi movimenti e continuò a muoversi lentamente dentro e fuori di lei fino a quando le onde dell'orgasmo di lei non si placarono e il suo stesso climax non si spense.

Diversi respiri agitati gli uscirono dalla bocca e cercò di usarli per formare delle parole. Ma fu inutile. Fare l'amore con Sabrina lo rendeva sempre senza parole.

Lei emise un flebile sospiro. «Meglio che restare a dormire», mormorò.

Daniel ridacchiò dolcemente. «È meglio di tante altre cose».

«Possiamo stare a letto tutto il giorno?».

Le diede un bacio sulla spalla e si staccò da lei. «Mi piacerebbe. Ma abbiamo degli ospiti. E poi c'è ancora molto da organizzare».

Sabrina emise un lungo sospiro. «È solo che sono così stanca in questo momento. Potrei dormire tutto il giorno».

«Quando saremo in luna di miele, potrai stare a letto tutto il giorno. Te lo prometto».

Sabrina girò la testa per guardarlo. «Non mi hai ancora detto dove andremo».

«E non lo farò. Ma ti dirò che dovrai mettere in valigia vestiti caldi».

La sorpresa le fece allargare gli occhi. «Andiamo in un posto freddo?».

Annuì.

«Perché un posto freddo? Pensavo che volessi portarmi in un posto caldo e tropicale, così da avere una scusa per andare in giro mezza nuda».

Daniel le fece l'occhiolino. «Oh, sarai nuda ovunque ti porti. Se ti porto in un posto freddo, non vorrai mai lasciare l'hotel o il calore del letto. E il calore del corpo è il modo migliore per stare al caldo. Fidati di me». Poi spinse indietro le coperte e si alzò a sedere. «Sabrina, piccola, devo fare la doccia e prepararmi. Ma perché tu non resti a letto ancora un po'? Troverò delle scuse per te».

Lei gli sorrise. «Ti ho già detto ultimamente che sei il migliore?».

Si chinò verso di lei. «Il migliore in cosa?».

Gli mise le braccia intorno al collo e i suoi occhi verdi lo guardarono raggianti. «Il migliore in tutto». Si strinse a lui. «Non vedo l'ora di sposarti».

Daniel sorrise. «Ti avrei fatto diventare mia moglie mesi fa, ma ti meriti un matrimonio in grande stile e di percorrere la navata con un bellissimo abito bianco».

«È il sogno di ogni bambina».

«E farò sempre tutto il possibile per realizzare tutti i tuoi sogni».

Con riluttanza, Daniel si liberò dal suo abbraccio e si alzò dal letto. Nudo, si diresse verso il bagno prima di dare un'occhiata alle sue spalle e trovarla che gli guardava a lungo il sedere. Non era mai stata così seducente: i capelli scompigliati, il rossore sulle guance e le lenzuola abbassate fino alla vita, che esponevano i suoi seni nudi. Quella notte avrebbe seppellito di nuovo la testa tra quei seni generosi e l'avrebbe deliziata con carezze e baci, sentendo i suoi capezzoli indurirsi nella propria bocca.

Quel pensiero gli provocò un'altra erezione, e Daniel si allontanò da lei per entrare nella doccia.

2

Pieno di energia e di ottimo umore, Daniel scese le scale ed entrò nell'ampio atrio della villa a due piani dei suoi genitori. Da bambino adorava quel posto, perché offriva tante opportunità per giocare a nascondino.

Sorrise tra sé e sé e stava per girarsi a sinistra per andare in cucina, quando qualcosa sulla credenza vicino alla porta d'ingresso attirò la sua attenzione. C'era il giornale. Lo prese, chiedendosi perché sua madre non l'avesse portato in cucina con sé quando l'aveva preso da fuori, dove di solito il ragazzo dei giornali lo gettava sul vialetto. Sembrava che sua madre fosse impegnata con il matrimonio tanto quanto lui e Sabrina e probabilmente era stata distratta da qualcosa.

L'odore del caffè appena fatto lo raggiunse e Daniel lo seguì fino alla cucina, aspettandosi di vedere i suoi genitori. Ma la cucina era vuota. Tuttavia, sua madre aveva già preparato un grande bricco di caffè fresco e il tavolo della colazione era apparecchiato, anche se non c'era alcun segno o suono da parte sua o di suo padre.

Daniel prese la sua tazza preferita dal tavolo e si versò il caffè di sedersi, spingendo il piatto di lato e aprendo il giornale.

I suoi genitori si erano sempre fatti recapitare a casa il *New York Times* da sempre, anche se sua madre leggeva anche un giornale locale, l'*East Hampton Star*, per tenersi al corrente delle notizie locali. Ma suo padre, da uomo d'affari qual era, preferiva il *Times*.

Daniel sfogliò il giornale, saltando la sezione "Notizie dal mondo", poi scorse brevemente le notizie economiche alla ricerca di qualcosa di interessante. Passò un articolo che parlava di un recente affare concluso dal suo amico e mentore Zach Ivers. Daniel conosceva già tutti i dettagli e sapeva che l'articolo non poteva dirgli nulla che non sapesse già.

Sapendo che avrebbe dovuto ripassare la lunga lista di cose da fare per il matrimonio, ripiegò le varie sezioni che aveva sfogliato, quando il suo sguardo cadde su una foto. Tirò fuori la sezione - la pagina dei matrimoni e degli annunci - e la guardò con attenzione. Perché stavano riproponendo la foto sua e di Sabrina se l'annuncio di fidanzamento era stato pubblicato settimane prima?

Quando i suoi occhi si concentrarono sul titolo della pagina appena sopra la foto, il suo cuore si fermò di colpo.

Il magnate degli affari Daniel Sinclair sposerà una squillo di alta classe, diceva.

Il suo sangue si trasformò in ghiaccio, mentre il respiro gli abbandonò i polmoni e le sue mani afferrarono il bordo del foglio, quasi strappandolo.

Un uccellino ha detto che l'imprenditore di successo e milionario Daniel Sinclair, la cui famiglia altrettanto ricca vive a Montauk, NY, ha deciso di sposarsi al di fuori della sua classe. Secondo una fonte attendibile, la sua fidanzata, Sabrina Palmer, lavorava come escort di alto livello a San Francisco, dove ha conosciuto il signor Sinclair, che era un cliente del servizio di escort che impiegava la signora Palmer. Né il signor Sinclair né la signora Palmer sono stati raggiunti per un commento.

«Cazzo!» Daniel sibilò.

Sposarsi al di fuori della sua classe? Sabrina non era una squillo! Era una donna rispettabile come la sua stessa madre!

Chi cazzo aveva scritto quelle bugie? Diede un'occhiata al titolo: *Di Claire Heart - Notizie dal cuore*.

Stronzate! Più che altro, notizie dalla fogna! Bugie dai bassifondi!

La furia lo attraversò. Come poteva quella giornalista sapere come lui e Sabrina si erano conosciuti e poi distorcere la cosa in modo sgradevole? Sì, Sabrina aveva finto di essere una escort quella sera, ma non era tutto come sembrava dall'esterno. Era stato complicato. E non era certo vero che Sabrina era una squillo! Nonostante le circostanze che li avevano fatti incontrare. Quegli eventi li avrebbero perseguitati per sempre?

Se Sabrina avesse scoperto questo articolo, ne sarebbe stata devastata. Non era abbastanza che lei si fosse sentita imbarazzata quando lui, Daniel, aveva scoperto il suo inganno iniziale? Ora tutto il mondo avrebbe scoperto quello che aveva fatto. E l'avrebbero giudicata. L'avrebbero distrutta. Per non parlare del matrimonio, a cui mancavano soltanto pochi giorni: conoscendo Sabrina, lo avrebbe annullato, non volendo sopportare gli sguardi giudicanti della comunità dove tutti conoscevano lui e i suoi genitori, dove tutti conoscevano anche lei, adesso.

Doveva tenerlo nascosto a lei e ai suoi genitori. Altrimenti, il matrimonio perfetto che stavano organizzando si sarebbe trasformato in un caos totale. E lui non poteva permetterlo. Sabrina meritava un matrimonio da favola e lui avrebbe fatto di tutto per esaudire il suo desiderio. Anche se significava tenerle nascosto quell'articolo di giornale.

«Buongiorno, Daniel», la voce di sua madre giunse all'improvviso dalla porta.

«Buongiorno, mamma!». Daniel alzò la testa e vide sua madre entrare in cucina, sollevando due borse della spesa sul bancone. Approfittò del breve tempo in cui la madre era voltata per piegare frettolosamente il resto del giornale e farlo scivolare sotto il cuscino della sua sedia, mentre continuava a parlare per coprire qualsiasi suono sospetto. «Stamattina eri già a fare la spesa? È presto, anche per te. Avresti dovuto farmi sapere se avevi bisogno di qualcosa. Ti avrei accompagnato in paese più tardi».

Sua madre si guardò alle spalle, mentre continuava a sistemare la spesa. Era una donna bassa, alta poco più di un metro e mezzo, con la pelle olivastra e il temperamento focoso per cui le donne italiane erano famose.

«Mi sono accorta che avevamo finito la panna per il caffè. Così sono andata velocemente al negozio. E poi ho preso dei panini e del pane fresco dal panificio mentre ero lì. Sei l'unico in piedi?».

Daniel si incollò un sorriso sulle labbra, sopprimendo un sospiro di sollievo per il fatto che sua madre non si fosse accorta della sua azione clandestina di nascondere il giornale. Ora doveva solo trovare il modo di tirare fuori il giornale dal suo nascondiglio, prima che sua madre lo scoprisse dopo la colazione.

«Sabrina sta facendo la doccia. Scenderà presto. Ma non ho ancora sentito nessun altro in piedi. Papà sta ancora dormendo?».

Sua madre ridacchiò. «Stai scherzando? È già andato a fare una nuotata. È sotto la doccia proprio adesso». Mise un assortimento di panini e fette di pane fresco in un cestino, prese la panna per il caffè e portò entrambi al tavolo. «Tieni! Prova questi panini».

«Grazie, mamma! Sembrano deliziosi». Se solo avesse avuto fame, ma quel maledetto articolo di giornale gli aveva rovinato l'appetito. Tutto quello che poteva fare era continuare a sorseggiare il suo caffè nero. E anche quello aveva un sapore amaro quella mattina, anche se era sicuro che non fosse colpa di sua madre. Lei preparava sempre un caffè eccellente e insisteva nel comprare solo una marca italiana, Illy.

«Hai visto il giornale?» chiese all'improvviso, allungando il collo per guardare in cucina.

«No, perché?». Daniel sperava di non sembrare falso. Odiava mentire a sua madre, ma non poteva farne a meno. Era fondamentale che nessuno leggesse il giornale quella mattina, altrimenti si sarebbe scatenato l'inferno.

«Non era più sul tavolo nell'ingresso quando sono tornata a casa».

«Mmh. Non ho visto nulla quando sono sceso. Forse non l'hai portato dentro».

Lei scosse la testa. «No, sono sicura di averlo preso quando sono uscita stamattina».

Daniel scrollò le spalle e prese un panino per dare alle mani qualcosa da fare e sembrare rilassato. «Se stavi uscendo, perché saresti tornata dentro per mettere il giornale sul tavolo?».

«Daniel, mi ricordo cosa ho fatto! Non far sembrare come se stessi avendo un momento di demenza senile!».

Si chinò verso di lei e le diede un bacio sulla guancia. «Mi dispiace, mamma. Sono sicuro che salterà fuori. Forse il ragazzo dei giornali non ha visto la nostra casa. Sai come sono i ragazzi di oggi. Non hanno più il senso della responsabilità».

Inviò delle scuse silenziose al fattorino ingiustamente accusato, che non aveva fatto nulla di male se non consegnare un'edizione del *New York Times* che nessuno della famiglia di Daniel poteva leggere.

Poi tagliò il panino a metà e ci spalmò sopra del burro. «Grazie per aver preparato la colazione per tutti noi. So che sei molto impegnata. Apprezzo molto tutto quello che stai facendo per noi».

Immediatamente il volto di sua madre si illuminò. «È così emozionante organizzare un matrimonio!».

«Credo che tua madre intenda dire "faticoso", non "emozionante"», disse la voce di Tim, che entrò in cucina con Holly alle calcagna.

«Non hai ancora fatto nulla, Tim!». Holly alzò gli occhi al cielo e gettò una ciocca dei suoi lunghi capelli biondi dietro le spalle.

«Lo so, ma riesco a immaginarlo e il solo pensiero mi sfinisce». Tim sorrise spudoratamente. Il suo vecchio compagno di università di Princeton era parzialmente responsabile dell'incontro tra Daniel e Sabrina. L'altra metà della responsabilità ricadeva su Holly, la vecchia coinquilina di Sabrina a San Francisco. Insieme avevano escogitato un piano per organizzare un appuntamento al buio tra lui e Sabrina. Alla fine aveva funzionato, anche se con qualche intoppo.

Tim si chinò verso la madre di Daniel e la baciò sulla guancia. «Buongiorno, Raffaela. Scusa, non siamo riusciti a salutarti ieri sera quando siamo arrivati».

Lei lo abbracciò a sua volta, poi si alzò per salutare Holly. «È una tale seccatura in questi giorni, con i voli in ritardo. Almeno tu hai sei atterrata al JFK, quindi non eri lontana come se fossi arrivata a Newark».

«Buongiorno, Raffaela», la salutò Holly, poi prese posto al tavolo della colazione accanto a Tim. «Beh, almeno ce l'abbiamo fatta». Si avvicinò alla caffettiera e se ne versò una tazza. «E la stanza degli ospiti è davvero deliziosa. Ho dormito come un bambino».

Un sorriso incantevole si allargò sulle labbra di sua madre al complimento di Holly. Holly aveva sempre saputo come affascinare la madre di Daniel. Holly era una vera bellezza con scintillanti occhi azzurri e avrebbe potuto avere qualsiasi uomo desiderasse. Daniel non riusciva a capire perché avesse sprecato la sua vita come escort professionista, cosa di cui i genitori di Daniel non erano a conoscenza. Non era stanca di andare a letto con gli sconosciuti?

«Oh, grazie, cara. E tu, Tim, hai dormito bene?».

«Ho dormito benissimo! E ora potrei mangiare una mucca intera!».

Sua madre ridacchiò. «Che ne dici di una parte di maiale? Ho salsicce e pancetta in caldo nel forno».

«Perfetto!».

Quando sua madre fece per alzarsi dalla sedia, Tim le mise una mano sull'avambraccio. «Siediti, siediti. Ci penso io. Non è che non sappia come muovermi qui».

Mentre Tim si avvicinava al forno e lo apriva per tirare fuori la teglia, il padre di Daniel e Sabrina entrarono in cucina. Suo padre non aveva un aspetto molto diverso da quello di Daniel, anche se ora aveva i capelli sale e pepe. Ma il suo corpo era ancora atletico come quando aveva trent'anni.

In pochi istanti, tutti erano seduti al tavolo della colazione, mangiando e chiacchierando. Sabrina aveva preso posto accanto a Daniel e lui la guardava di sottecchi. Sì, si sarebbe assicurato che lei avesse il suo matrimonio da favola. A ogni costo.

Si avvicinò con la mano, sfiorando una ciocca dei suoi lunghi capelli scuri dietro la spalla. Sabrina si girò per incontrare il suo sguardo.

«Cosa c'è?» mormorò lei.

«Niente, tesoro. È solo che non riesco a smettere di guardarti», rispose altrettanto piano.

«Non sei ancora in luna di miele», disse Tim con tono ironico.

Holly dette una gomitata nel fianco a Tim. «Penso che sia una cosa dolce. Se solo tutte le ragazze fossero fortunate come Sabrina».

Sabrina sorrise alla sua amica. «Grazie, Holly».

«Allora, cosa c'è in programma oggi?» chiese Tim mentre si metteva altro cibo nel piatto.

Prima che qualcuno potesse rispondere, il padre di Daniel chiese: «Dov'è il giornale, tesoro? Non l'hai portato dentro?».

Daniel cercò di non rabbrividire. Sperava che suo padre non notasse l'assenza del giornale, visto che la conversazione a colazione era stata ancora più vivace del solito, considerando che c'erano due ospiti fuori città.

«Credevo di averlo fatto, ma a quanto pare mi sono confusa. Non riesco a trovarlo da nessuna parte».

«Hai controllato fuori?» incalzò il padre.

«Certo che ho controllato fuori. Due volte, quando sono uscita per andare in panetteria e quando sono tornata».

«Non credo che il giornale sia stato consegnato oggi», si inserì Daniel.

«Come sarebbe a dire che non è stato consegnato? Sono quarant'anni che viviamo qui e il giornale è sempre stato consegnato».

«Probabilmente il ragazzo dei giornali ha sbagliato. Forse è un ragazzo nuovo», propose Daniel.

«Perché non leggi il giornale sul tuo iPad?» chiese Tim, facendo un cenno verso il dispositivo sul bancone.

Daniel voleva gemere forte. A volte Tim sapeva essere un po' troppo disponibile.

Suo padre schioccò le dita e sorrise dubbioso. «Sì, mi dimentico sempre di poterlo fare. Ma sai, mi piace la sensazione della carta».

«Intendi dire di sporcarsi le dita di inchiostro nero? Ormai leggo i giornali solo online. Tutto quello che devi fare è abbonarti al *New York Times*. È comunque più economico della versione cartacea», ha affermato Tim.

Non volendo che la conversazione proseguisse e che Tim avesse un'altra occasione per convincere il padre di Daniel a sottoscrivere un abbonamento online, Daniel fece un sorriso e disse: «Beh, comunque non credo che nessuno qui abbia tempo di leggere il giornale oggi. Abbiamo l'agenda piena. Non è vero, tesoro?». Sorrise a Sabrina.

«Non ricordarmelo!» sospirò lei. «Dobbiamo incontrare il pianista per dare l'approvazione finale per la musica. E poi dobbiamo andare dal fiorista. Ha un campione di bouquet pronto per essere visto».

«Che emozione!». Il viso di Holly si illuminò. «I fiori che hai scelto sono assolutamente meravigliosi».

«Che tu ci creda o no...». Sabrina guardò Daniel e sorrise. «li ha scelti Daniel».

«È bello sapere che Daniel ha imparato qualcosa da me dopo tutti questi anni», disse sua madre malinconica.

«Devo anche andare a fare la prova del vestito, ma credo che rimanderò a domani o dopodomani», aggiunse Sabrina. «Vieni con me, Holly?».

Holly annuì con entusiasmo. «Perché pensi che sia arrivata con più di una settimana di anticipo?».

Una delle decisioni che Daniel e Sabrina avevano preso fin dall'inizio era quella di mantenere la cerimonia piccola e intima. Quindi, oltre agli sposi, la festa di nozze comprendeva solo altre due persone: Tim, il suo testimone di nozze, e Holly, la damigella d'onore.

Ovviamente, la madre di Daniel aveva esagerato con la lista degli invitati. Daniel e Sabrina avevano accettato di farle quella concessione. Erano state invitate più di duecento persone, tra cui parenti lontani, amici di famiglia, amici di Daniel, i genitori divorziati di Sabrina e alcuni suoi amici e parenti della West Coast.

«Non posso credere che manchino solo dieci giorni al matrimonio», disse Holly, strappando Daniel dai suoi pensieri. «Sembra ieri che vi siete conosciuti».

Daniel gemette mentalmente. Se non avesse provveduto rapidamente a limitare i danni, presto tutti avrebbero saputo come lui e Sabrina si erano conosciuti. A quel punto la bugia che avevano raccontato ai suoi genitori sarebbe stata rivelata e lui non era sicuro di come avrebbero preso la notizia. Né pensava che Sabrina sarebbe sopravvissuta al giudizio a cui sarebbe stata improvvisamente sottoposta. L'avrebbe devastata.

«Lo so». Sabrina sospirò e prese la mano di Daniel. «Sono emozionata, ma un po' sopraffatta da tutto quello che c'è ancora da fare».

Daniel le strinse la mano e poi se la portò alle labbra, baciandole le nocche. «Non preoccuparti, tesoro. Sono arrivati i rinforzi». Fece un cenno a Tim e Holly.

Entrambi sarebbero stati di grande aiuto per i preparativi e per togliere un po' di tensione a Sabrina.

Sabrina rise. «Sì, sarei persa senza la mia squadra», scherzò.

«Beh, mentre le ragazze si occupano di musica e fiori, ho pensato che forse io e te potremmo discutere dell'addio al celibato», disse Tim, fissando Daniel con uno sguardo che non poté evitare.

Quella era un'altra questione: Daniel non voleva un addio al celibato, almeno non uno tradizionale. Per molti anni era stato uno degli scapoli più desiderati di New York, ma era un titolo di cui era felice di liberarsi. L'idea di festeggiare la sua ultima notte da single gli sembrava ironica e non necessaria. Era entusiasta di sposarsi, di non dover mai più respingere un'altra ragazza mondana in cerca di oro.

Ma Tim aveva insistito perché ci fosse una festa. Daniel alla fine aveva accettato di assecondarlo, ma era stato chiaro: niente spogliarelliste e niente viaggi a Las Vegas.

«In realtà, possiamo parlare della festa domani?» disse Daniel con uno sguardo di scusa. «Oggi dovrò assentarmi dall'organizzazione del matrimonio».

«Cosa? Perché?». La testa di Sabrina scattò nella sua direzione.

Lui le rivolse un sorriso rassicurante. «Ho ricevuto un messaggio urgente dal lavoro questa mattina. Oggi devo andare a New York e occuparmene», mentì.

Dall'espressione di Sabrina capì che non era contenta, e a ragione. Sarebbe dovuto rimanere lì e fare la sua parte, togliendo un po' di pressione dalle sue spalle. «Mi dispiace, Sabrina, ma preferisco occuparmi di questo adesso piuttosto che un giorno o due prima del matrimonio. Mi assicurerò che sappiano che dopo oggi sarò irraggiungibile».

«Perché non puoi dirglielo subito?» chiese Sabrina.

Daniel le prese la guancia e le accarezzò il viso con il pollice. «Ti prego di capire, piccola. È una cosa di cui devo occuparmi. Ti prometto che tornerò stasera e poi noi quattro potremo uscire e fare qualcosa».

Sabrina sospirò. «Ok, credo che non importi». Fece un cenno a Holly e Tim. «Almeno Holly e Tim possono aiutare me e tua madre».

«Perfetto».

Daniel odiava doversene andare, ma sapeva di doverlo fare. Perché più ci pensava e più sapeva cosa doveva fare. Non sarebbe rimasto a guardare e non avrebbe permesso a questa giornalista di farla franca con le sue bugie. Avrebbe scoperto chi era esattamente la *fonte affidabile* di Claire Heart e avrebbe fatto pubblicare una smentita e delle scuse. Solo allora si sarebbe sentito tranquillo e avrebbe saputo che la felicità sua e di Sabrina sarebbe stata assicurata.

E quando lui e Sabrina sarebbero tornati dalla luna di miele, la situazione si sarebbe sgonfiata e tutti si sarebbero dimenticati dell'articolo. Un altro scandalo avrebbe catturato l'attenzione della gente. E Sabrina non lo avrebbe mai saputo.

3

Daniel saltò fuori dalla sua auto sportiva e si sgranchì le gambe. Aveva praticamente corso da Montauk a Manhattan ed era stato fortunato a non aver preso nessuna multa per eccesso di velocità durante il tragitto.

L'edificio degli uffici del *New York Times* si trovava su Eighth Avenue, nel centro di Hell's Kitchen. Daniel guardò la parete di vetro con le grandi lettere nere che componevano il nome del giornale nel suo font distintivo. Il sole si rifletteva sul vetro.

Si raddrizzò la cravatta ed entrò nell'edificio, dirigendosi direttamente verso il banco della sicurezza. L'uomo afroamericano dall'impeccabile abito scuro lo guardò.

«Come posso aiutarla, signore?» disse, con voce educata ma ferma.

«Vorrei vedere la signorina Claire Heart».

Abbassò lo sguardo sullo schermo del suo computer, mentre stava già digitando qualcosa. «E il suo nome, signore?».

«Daniel Sinclair».

L'uomo esaminò lo schermo per qualche istante e poi alzò di nuovo lo sguardo. «Temo di non avere il suo appuntamento registrato qui. Quando...».

«Non ho un appuntamento», lo interruppe Daniel, sporgendosi dal bancone.

«Temo di poterla far entrare solo se ha un appuntamento».

«La signorina Heart vorrà parlare con me. Glielo assicuro».

«Sia come sia, le regole sono le regole. Per favore, torni quando ha un appuntamento».

Daniel indicò il telefono sulla scrivania. «La chiami. Adesso. Sta cercando di farmi commentare la sua storia e si arrabbierà se mi manda via. Questa è la sua unica occasione per avere un mio commento», bluffò, sottolineando le sue parole con un'espressione stoica che non lasciava trasparire nulla della tempesta che ancora infuriava dentro di lui. In effetti, la tempesta aveva appena raggiunto la forza di un uragano.

Per un attimo, la guardia di sicurezza esitò, chiaramente valutando la richiesta di Daniel. Poi prese il telefono e compose un numero.

«Signorina Heart, sono Barry della sicurezza del piano terra. C'è qui un certo signor Sinclair che vuole commentare una delle sue storie. Non ha un appuntamento, ma sostiene che...». Barry tirò indietro le spalle, sedendosi ancora più dritto. «Sì, signora». Annuì. «Subito». Poi mise giù il telefono e guardò sulla sua scrivania, scrivendo qualcosa.

Daniel batteva impaziente il piede sul pavimento, quando finalmente Barry lo guardò e gli porse un pass per visitatori da appuntare alla giacca.

«La signorina Heart è al nono piano. Prego, prenda l'ascensore 4». Indicò un gruppo di ascensori dietro Daniel.

«Grazie». Daniel appuntò il pass per visitatori sul bavero della giacca e si diresse verso l'ascensore. Quando lo raggiunse, l'ascensore si aprì e lui entrò.

Non dovette premere il pulsante del nono piano. Era già illuminato e sapeva che la guardia di sicurezza l'aveva programmato in modo che Daniel potesse scendere solo al nono piano e non potesse andare in giro per il resto dell'edificio. La maggior parte dei grandi edifici adibiti a uffici aveva quella funzione di sicurezza.

Mentre l'ascensore saliva, cercò di calmare la mente. Non sarebbe servito a nessuno se avesse urlato contro la giornalista di gossip. Doveva portarla dalla sua parte, non allontanarla.

Le porte dell'ascensore si aprirono al nono piano e lui entrò nel corridoio.

«Signor Sinclair», lo salutò una brunetta minuta. Era vestita con pantaloni casual e una camicetta colorata. La sua mano era tesa verso di lui in segno di saluto. «Sono Claire Heart».

«Buon pomeriggio, signorina Heart». Le strinse brevemente la mano. «Grazie per avermi ricevuto con così poco preavviso. Sono qui per il suo articolo uscito sul giornale di oggi».

Claire annuì. «Oh, so perché è qui. Andiamo nel mio ufficio, dove possiamo parlare in privato».

Daniel la seguì mentre lo conduceva in un lungo corridoio, sorpreso che fosse così accomodante. Pochi istanti dopo, entrò in un minuscolo ufficio con pile di carte, riviste e fascicoli allineati alle pareti e disseminati sul pavimento.

«Scusi il disordine. Ho appena cambiato ufficio». Girò intorno alla scrivania sorprendentemente vuota, con solo un datario e un telefono, e si sedette sulla sedia dietro di essa, indicando l'unica altra sedia della stanza. «Prego, signor Sinclair».

Daniel si sedette e aspettò qualche secondo, cercando di leggere l'espressione del viso di lei. Ma la donna non gli rivelò nulla. Se era consapevole che la storia che aveva stampato era una menzogna, non lo lasciava intendere.

«Voglio che lei pubblichi una smentita della vostra storia».

Claire si chinò leggermente in avanti. «E perché dovrei farlo?».

«Perché quella storia è una bugia. La mia fidanzata non è una squillo. E se si fosse presa la briga di chiedermi un commento prima di pubblicare la storia, avrei potuto chiarire tutto in anticipo e risparmiare a tutti noi un sacco di problemi».

«Le ho chiesto un commento! Ha rifiutato!» insistette Claire.

«Non ho mai ricevuto una richiesta di commento da parte sua, signorina Heart! Quindi, atteniamoci alla verità».

La donna strinse gli occhi in segno di disappunto. «Ho contattato il suo ufficio, signor Sinclair, e mi hanno informato che non era disponibile per un commento. Indovini un po': ho pensato che lei *non fosse disponibile per un commento*», disse in tono sprezzante.

Daniel non era sicuro che la giornalista stesse dicendo la verità. La sua assistente Frances era estremamente affidabile e avrebbe trasmesso un messaggio del genere, anche se aveva ordinato al suo ufficio di non disturbarlo durante la settimana prima del matrimonio. «Non importa ora. Il problema rimane il fatto che ha pubblicato una storia che non ha alcun fondamento nei fatti».

«Ho una fonte molto credibile che ha convinto sia me che il mio editore».

Daniel si sporse in avanti. «Chi?».

«Sa bene quanto me che devo proteggere l'identità delle mie fonti».

«La sua fonte sta mentendo. La mia fidanzata non è mai stata e non sarà mai una squillo. È un avvocato rispettabile».

Claire incrociò le braccia sul petto. «Temo che, signor Sinclair, mi siano state mostrate prove concrete che la signorina Parker lavorava come squillo a San Francisco. E ho anche la prova concreta che lei l'ha assunta come tale».

Dentro di sé, Daniel era furioso. «Scoprirò chi è la sua fonte. I miei avvocati...».

Lo squillo del telefono di Claire lo interruppe.

«Un momento», disse lei; guardò il numero sul display e lo prese. «Devo rispondere».

Sollevò il ricevitore all'orecchio. «Sì, Rick, cosa c'è adesso?». L'impazienza le colorava la voce.

Daniel sentì una forte voce maschile dall'altra parte, ma non riuscì a distinguere le parole.

Claire si passò una mano tra i capelli. «Gliel'ho già detto! Ho incontrato la mia fonte il... Aspetta». Sfogliò l'agenda sulla scrivania, alla ricerca di una voce. Alla fine toccò un punto del foglio. «Ecco! Ho incontrato la mia fonte il 23».

Di nuovo, l'uomo all'altro capo disse qualcosa, mentre Daniel fissava l'agenda. Annotava gli incontri con le sue fonti su quella agenda? Interessante.

Claire sospirò. «Bene! Arrivo tra qualche minuto». Poi mise giù il ricevitore e tornò a guardarlo. «Come ho detto, la storia è solida. Non la ritratterò, perché è la verità. E il fatto che a lei non piaccia, non la renderà diversa».

«Bene, signorina Heart. Se è così che vuole giocare». Daniel si alzò. «Il *New York Times* non sarebbe il primo giornale a essere distrutto da una causa per diffamazione».

«Non è diffamazione se è vero. Io difendo il mio articolo e la mia fonte».

«Molto bene. Me ne vado». Si girò verso la porta e uscì dall'ufficio, chiudendo la porta dietro di sé.

I suoi occhi scrutarono le porte lungo il corridoio mentre si affrettava in direzione dell'ascensore. Finalmente vide quello che stava cercando: il bagno degli uomini. Vi si tuffò e fu sollevato di trovarlo vuoto. Nessun rumore proveniva dai tre box.

Daniel rimase davanti alla porta, tenendola socchiusa per poter spiare il corridoio. Non dovette aspettare a lungo. Pochi istanti dopo Claire Heart superò la porta a passi affrettati, dirigendosi verso l'ascensore. Quando sentì il suono dell'ascensore, contò fino a cinque, poi tornò nel corridoio e i suoi occhi scrutarono immediatamente l'area vicino agli ascensori. Claire non c'era più.

Sollevato, tornò a camminare in direzione del suo ufficio, con l'adrenalina che gli scorreva nelle vene. Non aveva mai fatto nulla di illegale in vita sua, ma quel giorno non aveva scelta. Doveva scoprire chi era la fonte del giornalista. Si sentì come un ladro quando rientrò nell'ufficio di Claire e girò intorno alla sua scrivania. Con un occhio scrutò le pagine della sua agenda, con l'altro osservava la porta.

Le annotazioni nell'agenda di Miss Heart erano criptiche. Usava molte abbreviazioni e i nomi delle sue fonti, o di chiunque incontrasse, erano solo iniziali. Chiaramente, voleva assicurarsi che se l'agenda fosse finita nelle mani sbagliate, non avrebbe rivelato i nomi delle sue fonti riservate.

Daniel lavorò a ritroso, sapendo che nessun reporter rimane a lungo con una storia succosa. Claire doveva aver incontrato la sua fonte nelle ultime due settimane. Avrebbe avuto abbastanza tempo per verificare qualsiasi prova le fosse stata presentata. Prova? Sbuffò. Non c'erano prove. Qualsiasi cosa Claire avesse ricevuto era stata inventata. Daniel avrebbe trovato la fonte e dimostrato che le affermazioni erano false.

Con determinazione, lesse ogni singola voce delle ultime due settimane, quando all'improvviso si imbatté in una sigla che fece scattare in lui un ricordo. Una valigia con le iniziali *AH* incise sulla serratura apparve ai suoi occhi. Aveva visto quella valigia tante volte, anzi l'aveva portata spesso con sé.

L'appunto era sul 10 del mese, alle due e mezza del pomeriggio, e recitava: *AH re: DS cg*.

Non poteva che interpretarlo come: *Audrey Hawkins riguardo a Daniel Sinclair, ragazza squillo*.

Chi altro poteva essere? Doveva essere Audrey! Era l'unica che nutriva ancora un rancore così profondo nei suoi confronti da cercare di distruggere la sua felicità con Sabrina. Una volta lui e Audrey erano stati una coppia. Essendo Audrey la quintessenza della mondanità, un tempo Daniel pensava che fossero la coppia perfetta. Dopo tutto, appartenevano entrambi agli stessi ambienti dell'alta società di New York. Ma nonostante la sua bellezza e il suo fascino innegabile, non era mai stato veramente innamorato di Audrey e spesso aveva rinunciato a cene e sesso con lei per incontri di lavoro a tarda sera.

La loro rottura era stata inevitabile, anche se il modo in cui era avvenuta aveva sorpreso persino Daniel: aveva trovato Audrey che si scopava il suo avvocato. Daniel aveva interrotto la relazione in quel momento e aveva licenziato il suo avvocato nello stesso istante. Ma Audrey non si era arresa così facilmente.

Quando lo aveva seguito in un viaggio di lavoro a San Francisco nella speranza di riconquistarlo, lo aveva scoperto con Sabrina. Le cose si erano messe male e avevano quasi distrutto i suoi inizi, già molto incerti, con Sabrina. E ora sembrava che Audrey non avesse ancora finito. Stava ancora cercando di distruggere la sua relazione con Sabrina.

Ma lui non le avrebbe permesso di riuscirci.

Daniel uscì dall'ufficio, senza curarsi se qualcuno lo avesse visto.

Aveva ottenuto le informazioni di cui aveva bisogno. Nessuno poteva fermarlo ora.

All'esterno, si precipitò dove aveva parcheggiato l'auto e si allontanò in fretta.

Naturalmente poteva chiamare Audrey al telefono, ma a che scopo? Non avrebbe risposto al telefono una volta riconosciuto il numero. Inoltre, voleva affrontarla di persona, perché sarebbe stato molto più facile intimidirla faccia a faccia.

Durante l'intero viaggio verso il suo palazzo in centro, la rabbia lo attraversò. Aveva pensato che dopo l'ultimo confronto con Audrey, che aveva quasi distrutto la sua relazione con Sabrina, lei si sarebbe finalmente arresa. Tuttavia, sembrava che Audrey non avesse ancora finito di giocare.

Il portiere del palazzo di Audrey chiamò il suo appartamento e poi gli permise di salire. Se Audrey stava cercando di mettere in atto la stessa scena di seduzione che aveva già provato una volta con lui, avrebbe avuto una brutta sorpresa. Non era più suscettibile al suo fascino. Non lo era più da molto tempo.

Alla porta del suo appartamento, Daniel fu accolto dalla governante di Audrey, Betty. Il suo viso si illuminò quando lo vide. Gli piaceva quell'anziana donna e gli dispiaceva che dovesse lavorare per una persona come Audrey, che non poteva certo essere un datore di lavoro piacevole.

«Oh, signor Sinclair, che piacere rivederla!».

Si costrinse a essere civile con lei. Dopo tutto, non era colpa sua se il suo datore di lavoro era subdolo e senza cuore. «Ciao, Betty. Anche per me è un piacere vederti. Sono qui per vedere Audrey. È importante».

«Mi dispiace, ma non è qui».

«Non è qui?». Passò oltre Betty, entrando nell'atrio che si apriva su un grande salone. Si guardò intorno, ma la stanza era vuota ed eccentrica come sempre. Non aveva mai condiviso il gusto di Audrey per la stravaganza.

Dietro di lui, Betty chiuse la porta. «Sapeva che stavi arrivando? Deve essersene dimenticata. Temo che se ne sia andata all'improvviso due giorni fa».

Si rivolse a Betty. «Dove andiamo?»

La governante alzò le spalle. «Ha detto che stava partendo per un viaggio, che aveva bisogno di un po' di tempo per sistemare le cose. Ma non mi ha detto dove. E so bene che non devo chiedere. Conosci Miss Audrey».

Certo che lo sapeva. Sapeva esattamente com'era lei.

Daniel tirò fuori il cellulare dalla tasca e trovò il numero di lei. Il telefono squillò diverse volte prima che partisse la segreteria telefonica. Non si preoccupò di lasciare un messaggio e si limitò a disconnettere la chiamata con un'imprecazione.

Quando alzò gli occhi, colse lo sguardo preoccupato di Betty.

«Si trova in qualche guaio?».

«Lo sarà una volta che l'avrò trovata», sbottò Daniel.

4

«Sei sicuro che vada bene?» chiese Holly.

«Sì, starò bene». Sabrina rise. «Ora vai». Scacciò via Holly.

«Ok. Chiamaci appena hai finito con il pianista e ci troviamo». Holly abbracciò Sabrina e poi si rivolse a Raffaela. «Sei pronta?».

Raffaela annuì e guardò Sabrina. «Possiamo restare ad aiutarti se lo vuoi».

Sabrina alzò gli occhi in modo esagerato. «Non c'è bisogno di tre di noi per controllare gli arrangiamenti musicali. Io e il pianista possiamo occuparcene benissimo. Voi due andate a fare shopping o qualsiasi cosa abbiate intenzione di fare».

«Mi conosci troppo bene». Holly strizzò l'occhio e intrecciò il suo braccio con quello di Raffaela.

Si sentiva un po' in colpa per aver lasciato Sabrina a occuparsi da sola della musica, ma Raffaela aveva chiesto l'aiuto di Holly e, dato che si trattava di fare shopping, non poteva resistere.

Una volta fuori e fuori dalla portata di Sabrina, Holly si rivolse a Raffaela: «Allora, hai qualche idea su cosa vorresti comprare per Sabrina?».

«No». Raffaela sospirò. «Vorrei farle un regalo di nozze speciale, qualcosa di personale e sentito, ma non ho proprio idea di cosa prenderle». Si mise a ridere. «Per questo ti ho portato con me, così puoi aiutarmi a scegliere qualcosa. La conosci molto meglio di me».

Holly sorrise. «Sono sicura che riusciremo a trovare qualcosa».

Aprì la portiera e si infilò nel sedile del passeggero dell'auto di Raffaela. Raffaela uscì dal vialetto e si diresse verso East Hampton. Raffaela le aveva detto che Montauk non aveva molto da offrire in termini di shopping e che avrebbero avuto più scelta a East Hampton.

«Sono molto grata a te e a Tim per averli presentati», esordì Raffaela. «Non ho mai visto mio figlio così felice».

Holly sorrise malinconicamente. Se solo Raffaela avesse saputo in quali circostanze suo figlio aveva conosciuto Sabrina, probabilmente non l'avrebbe ringraziata con altrettanto entusiasmo. Molto probabilmente sarebbe rimasta sconvolta. Inorridita. Forse addirittura disgustata. Era meglio anche che non sapesse cosa faceva lei, Holly, per vivere.

«Abbiamo pensato che sarebbero stati bene insieme. E avevamo ragione».

Raffaela ridacchiò. «Sì, sono così carini insieme. Mi ricorda quando io e James ci siamo conosciuti. Eravamo innamorati proprio come quei due. E tu, Holly? Hai qualcuno di speciale?».

Holly guardò fuori dal finestrino mentre percorrevano la Montauk Highway. Le dune spazzate dal vento intervallate da bellissime case, lontane dall'autostrada, attirarono la sua attenzione. Un giorno avrebbe vissuto in una casa come quella? Ne dubitava. Dopotutto, lei non conduceva una vita rispettabile come quelle persone. La sua vita era così diversa. Per la prima volta si chiese se fosse arrivato il momento di cambiare, di smettere di fare quello che stava facendo e di voltare pagina.

«Io?». Holly rise per coprire il suo desiderio di una relazione. «Ci sono troppi ragazzi favolosi là fuori. Chi può decidersi e sceglierne uno? È come un buffet infinito. Ci sono così tante cose buone che alla fine non sai cosa mangiare».

Raffaela rise di gusto. «Sei così divertente, Holly! Ma hai ragione. Sei ancora giovane. Dovresti guardarti intorno e non accontentarti del primo che passa». Si avvicinò di più. «Con il tuo aspetto puoi avere chiunque tu voglia».

Holly sorrise. «È molto carino da parte tua».

Di certo, il suo aspetto l'aveva resa una delle ragazze più richieste dal servizio di escort di Misty. Poteva richiedere un prezzo elevato per i suoi servizi. Ma il prezzo che *Holly* doveva pagare stava diventando troppo alto? Stava sprecando i suoi anni migliori in un'occupazione che alla fine l'avrebbe condotta in un vicolo cieco? Sapeva che nessuno dei clienti che aveva incontrato come escort l'avrebbe mai vista come una persona da sposare. Perché non lo era. Non era rispettabile. Quello che faceva non solo era illegale nella maggior parte degli Stati, ma era considerato indecente. E nessun uomo sano di mente avrebbe mai preso in considerazione una relazione con una persona come lei.

Anche se non tutti gli incarichi dell'agenzia di escort prevedevano il sesso, molti di essi lo facevano. Quale uomo pagherebbe il prezzo richiesto dal suo capo per una semplice serata di conversazione? E anche se Holly aveva il diritto di rifiutare un uomo e di tirarsi indietro da un incarico se lo trovava sgradevole, non poteva giocare sempre la carta dell'uscita di prigione: alla fine Misty l'avrebbe licenziata, perché solo le prenotazioni che comportavano sesso portavano i soldi più grossi.

A volte Holly godeva dei suoi incontri sessuali con gli uomini che l'avevano assunta, ma sempre meno spesso si sentiva bene per quello che faceva. Se non ne fosse uscita finché era in tempo, sapeva cosa sarebbe successo. Avrebbe sprecato i suoi anni migliori. E sarebbe rimasta sola.

«Allora, che ne dici?».

Holly riportò di scatto la testa su Raffaela, rendendosi conto di essersi estraniata mentre si immergeva nei suoi pensieri. «Hmm?».

«La gioielleria. Pensavo di andare lì per prima cosa».

«I gioielli sono sempre un'ottima idea», concordò Holly e guardandosi intorno.

Avevano raggiunto il centro di East Hampton. Raffaela si fermò in un parcheggio lungo la strada e spense il motore. «Siamo arrivate».

«È davvero pittoresco!» esclamò Holly uscendo dall'auto.

Il centro di East Hampton non era grande. In effetti, comprendeva solo una strada principale fiancheggiata da diversi negozi e alcune vie laterali. Sorprendentemente, le boutique di classe si trovavano accanto a ristoranti tipici e negozi a conduzione familiare. Chiaramente, i ricchi newyorkesi che trascorrevano le loro estati negli Hamptons non volevano avere crisi di astinenza da shopping durante le loro vacanze lì.

Holly si rese conto di tutto. Sembrava così diversa da San Francisco e dalla West Coast. Quasi come se fosse stata ritagliata da un libro illustrato. Con sua grande sorpresa, le piaceva. Le dava una sensazione di casa, di calore e di appartenenza. Si scrollò di dosso quel pensiero. Ovviamente, il fatto di dover affrontare il matrimonio di Sabrina la stava facendo rammollire, mentre lei era la tipa più dura in circolazione. Il sentimentalismo non era il suo forte. Era diretta e pratica. Non era una ragazza emotiva, nonostante ciò che il suo aspetto da modella bionda potesse far pensare.

«Da questa parte», disse Raffaela e si incamminò lungo il marciapiede.

Holly la raggiunse, camminando al suo fianco fino a raggiungere una piccola gioielleria. Raffaela entrò accompagnata dal suono armonioso di una campanella. Quando Holly entrò nel piccolo negozio dietro di lei, si guardò intorno. La stanza in cui si trovavano era minuscola e le vetrine erano piene di gioielli che sembravano antichi. Cimeli provenienti da vendite immobiliari, suppose. Sembrava che il negozio fosse specializzato in pezzi antichi.

Holly lanciò un'occhiata curiosa a Raffaela. Si aspettava che la futura suocera di Sabrina andasse in una gioielleria di lusso e le comprasse qualcosa di carino ma ordinario. Ma a quanto pareva, Raffaela ci aveva pensato più di quanto Holly si aspettasse.

Mentre l'uomo dietro il bancone parlava con un cliente, gli fece un rapido cenno, riconoscendo apparentemente Raffaela.

«Questo è un posto insolito», sussurrò Holly a Raffaela, senza voler parlare troppo forte, perché in qualche modo le sembrava di intromettersi nel salotto di qualcuno, tanto era accogliente e invitante il negozio.

Raffaela sorrise. «È qui da sempre».

Poi scavò nel fondo della sua borsa e tirò fuori un piccolo sacchetto di velluto nero. Lo aprì e tirò fuori uno smeraldo verde scintillante, tenendolo in mano per mostrarlo a Holly. Holly aveva sempre pensato che gli smeraldi fossero piuttosto torbidi, ma questo scintillava più di quanto avesse mai visto scintillare uno smeraldo.

«Apparteneva alla nonna di Daniel. Era la pietra della sua fede nuziale. Lei amava Daniel. Nel suo testamento me l'ha affidato perché lo custodissi fino a quando non avessi potuto consegnarlo alla moglie di Daniel. Come pensi che dovremmo incastonarla?».

Holly fissò la gemma preziosa. «È bellissimo. Proprio come gli occhi di Sabrina», sussurrò con stupore. «Penso che una collana gli renderebbe giustizia».

«Non pensi che sia troppo impersonale?».

«No, per niente. Quando racconterai a Sabrina la storia che c'è dietro, le verranno le lacrime agli occhi. Te lo garantisco».

«E collana sia».

Dovettero aspettare ancora qualche minuto prima che il proprietario del negozio fosse disponibile a servirli.

«Buongiorno, signor Anderson».

L'uomo annuì e sorrise ampiamente alle due. «Signora Sinclair. È un piacere rivederla». Inclinò la testa verso Holly. «Signora. Come posso aiutare queste due belle ragazze?».

Raffaela ridacchiò. «Adulatore!». Appoggiò la pietra preziosa sul cuscino di velluto sul bancone di fronte al signor Anderson. «Vorrei che questa pietra fosse incastonata in una collana per la mia futura nuora. Pensa che sia possibile?».

«Tutto è possibile». Sollevò la pietra e la ispezionò da vicino. «Bellissima. Una limpidezza eccezionale. Suggerirei di abbinarla all'oro bianco. O al platino». Alzò lo sguardo. «Potrei creare un bellissimo disegno con questo».

«Temo che non abbiamo il tempo di far disegnare qualcosa. Il matrimonio è tra dieci giorni».

«Oh». Si strofinò la nuca con la mano libera. «In questo caso, diamo un'occhiata alla collezione e vediamo quale collana potrebbe beneficiare di una pietra come questa». Fece cenno a entrambe di dirigersi verso un'altra vetrina lungo la parete.

Al suo interno, collane antiche si mescolavano con orecchini e spille. Holly fissò i gioielli. Ogni singolo pezzo era ben realizzato e unico.

«Questa!». Raffaela indicò una collana con delicate volute d'oro, al centro delle quali si trovavano piccoli diamanti scintillanti. Al centro del pezzo c'era un rubino.

«Ottima scelta, signora Sinclair». Il signor Anderson sollevò il coperchio e tirò fuori la collana. «Credo che basti sostituire il centro con una montatura leggermente più grande per ospitare lo smeraldo. Posso prepararla in quattro giorni, massimo cinque».

Raffaela si rivolse a Holly. «Cosa ne pensi?».

Holly le sorrise di rimando. «Le piacerà molto».

Quando uscirono dal negozio poco dopo, Holly si rivolse a Raffaela. «Non posso certo superare il tuo regalo per Sabrina, ma ho pensato di prenderle qualcosa per la luna di miele. Pensavo a della lingerie».

Raffaela ridacchiò. «Quindi il regalo per Daniel?».

Holly rise. «Beh, se la metti così, un regalo per entrambi».

«Conosco il posto giusto. C'è una piccola boutique adorabile alla fine dell'isolato. Sono sicura che lì troverai quello che stai cercando».

Si incamminarono verso il negozio di lingerie ed entrarono. Holly si guardò intorno, sorpresa da quanto fosse grande. A quanto pareva, gli abitanti di quella sonnolenta cittadina erano interessati all'intrattenimento notturno, per mantenere in attività un posto come questo. «Wow, questo posto è fantastico».

«Sapevo che ti sarebbe piaciuto».

Holly si guardò intorno a bocca aperta. Era il suo paradiso personale. Amava la lingerie, l'aveva sempre amata, anche prima che diventasse una escort e avere della bella lingerie fosse una necessità. Forse non solo avrebbe comprato a Sabrina qualcosa di carino, ma avrebbe preso anche qualcosa per se stessa. Dopo tutto, non poteva lasciarsi sfuggire un'occasione del genere.

Fermandosi davanti a un'esposizione di lunghe vestaglie di seta, Holly le scorse, poi ne prese una e la tirò fuori. Una vestaglia rosa tenue che arrivava a metà coscia, sostenuta da spalline sottili, che aveva il nome di Sabrina stampato sopra. Era di classe, elegante e allo stesso tempo sexy. Sembrava essere stata fatta su misura per il corpo di Sabrina.

«Raffaela, guarda. Questa». Si girò per mostrarla a Raffaela.

«Oh, Holly, è perfetto». Raffaela batté le mani e un enorme sorriso le si impadronì del viso.

«Venduto! Ora devo solo trovare qualcosa per me. Sarebbe un peccato non farlo». Ma prima che potesse passare all'espositore successivo, una donna si rivolse a loro.

«Raffaela? Wow! Che sorpresa vederti qui!».

«Linda», Raffaela la salutò con un sorriso piuttosto tirato, cosa che sorprese Holly, dato che non l'aveva mai vista ostile a nessuno. Tuttavia, Holly percepì immediatamente che Raffaela non aveva a cuore la donna che aveva chiamato Linda. «Che piacere vederti».

Quando Linda lanciò un'occhiata curiosa a Holly, Raffaela continuò: «Linda, questa è Holly, la migliore amica e damigella d'onore di Sabrina. Holly, questa è Linda Boyd, un'amica di famiglia».

«Piacere di conoscerti, Linda». Holly allungò la mano e fu accolta da un sorriso rigido e una debole stretta di mano, mentre la donna continuava a guardarla dall' alto in basso come se stesse ispezionando un capo d'abbigliamento scadente.

«Anche per me», disse Linda, riportando immediatamente la sua attenzione su Raffaela. «Sono sorpresa di vederti fuori a fare shopping. Pensavo che fossi troppo impegnata con tutto il resto».

«Stiamo facendo shopping per il matrimonio, in realtà», rispose Raffaela con calma.

Il sorriso di plastica di Linda non si spense mai, mentre si avvicinava come se volesse svelare un segreto senza essere ascoltata. «Ehm, sì. A proposito del matrimonio, non è terribile tutta questa storia? Le persone possono essere così antipatiche a volte».

«Cosa vuoi dire?». Raffaela guardò Linda confusa. «Mio figlio si sposa. E non c'è niente di terribile in questo».

Linda scosse la testa. «Certo che no, ma quell'articolo sul giornale di oggi, quello su Sabrina... Sono rimasta scioccata quando l'ho letto. Ovviamente non credo a una sola parola».

«Temo che stamattina non abbiamo ricevuto il giornale, quindi non so di quale articolo stia parlando».

Holly poteva sentire la tensione nella voce di Raffaela.

«Oh». Linda si mise una mano sulla bocca nel tentativo di sembrare sorpresa. «Vuoi dire... che non sai dell'articolo del *New York Times*? Oh, cielo. Non volevo parlarne. Mi dispiace».

«Linda, di cosa si tratta?».

«Accidenti, Raffaela, mi dispiace tanto. Non volevo essere io a darti la brutta notizia. Ho dato per scontato che tu lo sapessi, perché è tutta la mattina che tutti ne parlano. Sono sicura che sia un grosso errore. Voglio dire che non può essere vero». Mise una mano sull'avambraccio di Raffaela. «Ascolta, dimentica tutto. Mi dispiace tanto».

Poi si voltò bruscamente e uscì dal negozio, lasciando Raffaela in piedi con il volto corrucciato. Holly si girò verso Raffaela. Quando i loro sguardi si incontrarono, Raffaela disse: «Devo comprare un giornale».

Holly annuì confusa. C'era qualcosa che non andava. Gettò il negligé sulla vetrina e prese il braccio di Raffaela. «Andiamo a fondo della questione».

Mentre uscivano e si dirigevano verso l'edicola più vicina, Holly lanciò un'occhiata a Raffaela.

«So che Linda è un'amica di famiglia, ma quella donna non mi piace molto».

«Non piace a molte persone. È una pettegola. Ho cercato di tenerla a distanza da quando Daniel ha rotto con Audrey, ma in un posto come gli Hamptons non è sempre così facile».

«Cosa c'entra Linda con la rottura di Daniel con Audrey?».

«Linda e Audrey sono molto unite».

Lo stomaco di Holly ebbe un sussulto. Un'amica di Audrey stava dando cattive notizie su Sabrina? Quante probabilità c'erano che fosse una coincidenza?

All'edicola, Raffaela versò alcune monete nella cassetta e prese una copia del *New York Times*. Holly la seguì mentre si dirigeva verso l'auto, la sbloccò e vi salì, prima di aprire il giornale.

Passò a Holly metà delle sezioni. «Tu controlla queste pagine, io controllerò le altre».

Holly sfogliava frettolosamente una sezione dopo l'altra, scrutando i titoli e guardando ogni immagine, quando improvvisamente sentì Raffaela sussultare.

Holly girò la testa verso di lei e notò immediatamente che il suo viso era impallidito, gli occhi si erano allargati e la mascella era caduta.

«Raffaela? Cosa c'è?». Holly scrutò il punto in cui Raffaela stava fissando. I suoi occhi misero a fuoco e il respiro le si bloccò nel petto. «Oh mio Dio!».

Non poteva essere vero!

«Promettimi di non dire nulla a Sabrina. Prima devo parlare con Daniel», disse Raffaela.

Holly annuì, piena di sensi di colpa. Se non avesse avuto l'idea strampalata di far fingere a Sabrina di essere una escort, tutto questo non sarebbe mai successo.

5

Attraverso il sistema vivavoce della sua auto, sentì il telefono squillare due volte, finché non rispose il suo avvocato Elliott Langdon. «Daniel?».

«Elliott, ascolta, è successa una cosa. Ho bisogno che tu faccia qualcosa per me e...».

«Aspettavo la tua chiamata. Fammi indovinare: vuoi fare causa al *New York Times*?» lo interruppe Elliott.

«Allora sai cosa sta succedendo». Almeno non dovette dilungarsi in lunghe spiegazioni sull'articolo.

«Stamattina mi sono quasi strozzato con il pane tostato. Suppongo che sia tutto inventato?».

«Sì. Ho già parlato con la giornalista, Claire Heart».

«Che cos'ha?».

«Non ha voluto rivelarlo, ma ho capito chi è la sua fonte».

«Chi?».

«Audrey Hawkins».

Sentì Elliott fischiare tra i denti. «Non si arrende, vero? Beh, in questo caso, andiamo da Audrey e costringiamola a darci quello che ha».

Daniel sospirò. «Ci ho già provato. È scomparsa. Sapeva che l'avrei scoperto e sarei andato a cercarla».

«In questo caso, inizierò con l'ufficio legale del *New York Times*. Conosco uno degli avvocati del loro team. Fammi parlare con lui e vediamo cosa riesco a scoprire».

«Bene, ma mantieni ancora un basso profilo. Non voglio avviare una causa prima del matrimonio. Attirerebbe troppo l'attenzione». E quindi Sabrina lo avrebbe sicuramente scoperto.

«Non preoccuparti, so come gestire la situazione».

«Grazie, Elliott. Nel frattempo, cercherò di trovare Audrey. Conoscendola, non è andata lontano. Vorrebbe essere nei paraggi per godersi il caos che ha creato».

«Sembra proprio da lei. Ti chiamo quando ne saprò di più».

«Grazie».

Daniel chiuse la chiamata e si concentrò sul traffico.

Aveva già chiamato diversi suoi amici e conoscenti, chiedendo loro dove si trovasse Audrey, ma nessuno l'aveva sentita. Tutti sostenevano di non sapere dove fosse.

Durante il viaggio verso gli Hamptons, continuò a fare telefonate su telefonate, ma nessuno dei loro conoscenti comuni l'aveva vista.

Quando Daniel entrò nel vialetto della casa dei suoi genitori, era esausto. Fisicamente, mentalmente ed emotivamente.

Daniel scese dall'auto e chiuse la portiera. Era sera presto e il sole stava per tramontare. Una passeggiata lungo la spiaggia con Sabrina, guardando il tramonto, era proprio quello che gli serviva per calmare i nervi.

Prima che Daniel potesse inserire la chiave nella porta d'ingresso, questa fu aperta dall'interno. Entrambi i suoi genitori erano in piedi all'ingresso, con i volti preoccupati. Lo stomaco gli si strinse. Era successo qualcosa.

«Mamma, papà. Cosa sta succedendo? Sabrina sta bene?» chiese, lanciando uno sguardo verso la casa. Era insolitamente silenziosa.

Sua madre annuì. «Tim e Holly hanno portato Sabrina a fare una passeggiata sulla spiaggia».

«Così potremo parlare senza che Sabrina ci senta», aggiunse cripticamente il padre.

Panico e paura si scontrarono dentro di lui. «Cosa sta succedendo?».

I suoi genitori gli fecero cenno di entrare e lo condussero nello studio del padre, che dava sull'ingresso. Solo quando suo padre ebbe chiuso la porta alle sue spalle, parlò di nuovo.

«È una cosa seria, Daniel».

Daniel si passò una mano tra i capelli. Come se non avesse avuto già abbastanza problemi.

«Oggi ho incontrato Linda Boyd», esordì sua madre. «Mi ha detto dell'articolo del *New York Times*».

Merda!

Se Linda lo sapeva, lo sapevano tutti. Avrebbe dovuto sapere che non sarebbe riuscito a mantenere il segreto sull'articolo per molto tempo.

Si lasciò sfuggire un sospiro.

«Quindi sai dell'articolo», continuò sua madre.

«È vero? Sabrina è una squillo?» chiese suo padre.

«No, certo che no». Daniel lanciò un'occhiata al padre. «Sabrina è una donna rispettabile! Non è una squillo!».

«Allora perché il giornale avrebbe pubblicato una storia del genere?».

«Non lo so». Daniel sospirò. «È per questo che sono andato in città oggi. Per cercare di scoprirlo. Ho parlato con quella giornalista di gossip, Claire Heart».

«E? Ritratterà la storia?» incalzò sua madre. Il suo tono e i suoi occhi erano pieni di speranza.

Daniel odiava deluderla. «No. Sostiene di avere delle prove concrete. E non ha voluto rivelare la sua fonte».

«Ma che prove ci possono essere se Sabrina non è una escort? Come possono pubblicare una cosa del genere? Nessun editore sano di mente permetterebbe a una giornalista di andare avanti. Devono avere qualche prova», insistette il padre.

«Non hanno nulla, perché non c'è nulla che possano sapere».

Suo padre strinse gli occhi. «Cosa non ci stai dicendo?».

Daniel fece alcuni respiri profondi. Forse era arrivato il momento di confessare. Suo padre era un uomo ragionevole con la testa sulle spalle. Non avrebbe condannato lui e Sabrina per quello che avevano fatto.

«La fonte è Audrey», ha concluso. «Ho trovato una voce nell'agenda della giornalista che conferma che ha incontrato Audrey pochi giorni fa».

«L'hai trovato nella sua agenda?» chiese suo padre con un sopracciglio alzato. «Hai fatto qualcosa di illegale?».

Daniel scrollò le spalle. «Papà, non credo che la violazione di domicilio sia il mio problema principale in questo momento. Inoltre, nessuno mi ha visto».

Sua madre si mise una mano sulla bocca, soffocando un sussulto, mentre suo padre, che era un pragmatico, fece spallucce.

«Siediti, figliolo, e dicci cosa può aver detto Audrey alla giornalista per farle credere che Sabrina è una escort», disse perentorio suo padre.

Daniel sprofondò nel divano di pelle e sua madre si sedette accanto a lui. Suo padre rimase in piedi, appoggiato alla scrivania.

Quela era una conversazione che sperava di non dover mai fare con i suoi genitori. Aveva promesso a Sabrina che non l'avrebbero mai scoperto. Ma era meglio che i suoi genitori scoprissero la verità piuttosto che ipotizzare cose ancora peggiori. Perché Sabrina non era una escort.

«Tim e Holly ci hanno davvero incastrato. Questa è la verità, ma non è andata come vi abbiamo detto».

«Cosa vuoi dire?». Sua madre toccò l'avambraccio di Daniel. Lui mise la mano sulla sua e la strinse.

«Come sai, poco prima di partire per San Francisco, ho beccato Audrey a letto con Judd, il mio avvocato. Ho rotto con lei proprio in quel momento. Mentre andavo all'aeroporto ho chiamato Tim e gli ho chiesto di...». Esitò. Poteva esserci qualcosa di più imbarazzante che dover confessare ai suoi genitori di aver voluto assumere una escort?

«Gli hai chiesto di fare cosa?» chiese sua madre.

«Gli ho chiesto di trovarmi un servizio di escort».

«Oh, Danny!». Sua madre si premette una mano sul petto, chiaramente scioccata. «Un servizio di escort? Perché? Sei meglio di così!».

«Lo so. Ma dovevo partecipare a un ricevimento importante e non volevo andarci da solo. Sapete entrambi che odio gli eventi in cui ogni ragazza single in cerca di fortuna cerca di mettere le sue grinfie su di me. E dopo quello che era successo con Audrey, non volevo passare la serata a respingere donne come lei. Così ho assunto una escort per accompagnarmi». Si passò una mano tra i capelli già in disordine. «Ho detto chiaramente a Tim che volevo solo che fingesse di essere la mia ragazza, in modo che le donne single al ricevimento stessero alla larga da me».

«E Tim ti ha mandato Sabrina? Vuoi dire che Sabrina era *davvero* una escort?» chiese suo padre.

«Sì. No!». Fissò il volto confuso dei suoi genitori. «Tim mi ha mandato Sabrina, ma lei fingeva di essere una escort. È complicato». Come poteva raccontare la storia senza rivelare che Holly era in realtà una escort? Non poteva tradire la sua fiducia in questo modo.

«Non capisco. Perché Sabrina dovrebbe fingere di essere una escort?».

«Tim prima voleva organizzarmi un appuntamento al buio. Gli ho detto niente appuntamenti al buio. Avevo chiuso con le donne per un po'. Non volevo un'altra relazione incasinata. Quindi credo che Tim e Holly abbiano pensato di farmi uscire comunque con Sabrina. Così hanno architettato un piano elaborato e hanno detto a Sabrina di fingere di essere una escort. Ma in realtà si trattava di un appuntamento al buio». Beh, non era tutta la verità, ma era abbastanza vicina alla verità.

«Sabrina mi è piaciuta dal momento in cui l'ho incontrata. Diavolo, ho pagato per rivederla la sera dopo. Ci siamo innamorati». Daniel scosse la testa. «All'inizio era tutto molto confuso. Ma il punto che sto cercando di spiegare è che Sabrina non è una squillo. Non lo è mai stata».

«Non so cosa dire». Suo padre si alzò e andò al mini bar nell'angolo. Si versò un drink e ne bevve un sorso.

«Ancora non capisco come Audrey si inserisca in tutto questo. Ovviamente si trattava di un accordo privato tra Tim e Holly. Non era coinvolta nessuna agenzia di escort. Stavano solo fingendo», disse sua madre, con la fronte aggrottata.

«Audrey non ha gestito bene la rottura. Si era convinta che l'avrei ripresa. Così si è presentata nella mia stanza d'albergo a San Francisco mentre io e Sabrina stavamo...». Lanciò un'occhiata a suo padre che sembrò capire all'istante. Non c'era bisogno di spiegarlo. «Non so come Audrey abbia potuto scoprire che Sabrina fingeva di essere una escort. Le uniche persone che lo sapevano erano Tim, Holly, Sabrina e io. Deve essersi insospettita quando ha trovato me e Sabrina insieme nella stanza d'albergo due giorni dopo la nostra rottura. Immagino che abbia pensato che per trovare qualcuno così in fretta, lei dovesse essere una squillo».

Daniel sbuffò. «Diavolo, non è la prima volta che cerca di sabotare la mia relazione con Sabrina. Audrey è una donna follemente gelosa e non riesce ad accettare il fatto che io stia per sposare Sabrina. Audrey sa che non tornerei mai da lei, quindi vuole vendicarsi. Non so come sia riuscita a convincere la giornalista delle sue bugie, ma deve essersi inventata qualcosa. E io scoprirò di cosa si tratta».

«Come pensi di farlo?» chiese sua madre.

«Sono andato a casa di Audrey per affrontarla, ma la sua governante mi ha detto che Audrey se n'è andata un paio di giorni fa e non sa dov'è e quando tornerà. Ma la troverò».

«Anche se trovi Audrey, pensi davvero che confesserà di aver mentito?» chiese suo padre.

«Certo che no, ma troverò un modo per costringerla ad ammettere le sue bugie. Nel frattempo ho intenzione di minacciare di fare causa al giornale per diffamazione. Ho già parlato con il mio avvocato mentre tornavo a casa. Sta contattando l'ufficio legale del *New York Times* e li minaccerà di fare causa».

«Ti rendi conto che la situazione si incasinerà, vero? Non ci sarà modo di tenerlo nascosto a Sabrina», lo ammonì il padre.

«Ecco perché non ho intenzione di intraprendere alcuna causa fino a dopo il matrimonio. E nessuno lo dirà a lei», disse guardando prima suo padre e poi sua madre. «Non voglio che qualcosa rovini il giorno del matrimonio di Sabrina. Si merita un matrimonio da sogno. E io glielo regalerò».

«Sono d'accordo. Non è necessario che Sabrina lo sappia», disse sua madre con un cenno del capo. «Anche Holly mi ha promesso di non dirle nulla».

«Holly sa dell'articolo?». Chiese Daniel. «Merda». Non che non si fidasse di Holly, perché si fidava, ma più persone sapevano e più era probabile che qualcuno facesse un passo falso.

«Era con me quando Linda mi ha detto dell'articolo».

Suo padre posò una mano dolce e rassicurante sulla spalla di Daniel. «Mi dispiace che abbiamo tratto conclusioni affrettate su Sabrina. Faremo tutto il possibile per assicurarci che non lo scopra».

«Con Linda che sa dell'articolo, presto tutti gli Hamptons lo sapranno, anche quelli che non leggono il *New York Times*. Sai cosa significa? La tua reputazione, papà», incalzò Daniel, alzando lo sguardo verso di lui.

«Cosa c'entra la mia reputazione?»

«Questo scandalo si ripercuoterà su di te e sulla mamma. La tua reputazione...».

«Può resistere alla tempesta», sosteneva suo padre.

Sua madre sorrise al marito. «Questo matrimonio si svolgerà come previsto e tutto sarà perfetto».

Daniel sorrise, più per il bene di sua madre che per il suo. Sperava solo che avesse ragione, perché non sposare Sabrina non era un'opzione.

6

«Sono solo io o sembra che la giornata sia durata un'eternità?» chiese Sabrina mentre si infilava nel letto accanto a Daniel.

Lui allungò un braccio sulla sua pancia e la strinse al proprio corpo. Sabrina sospirò quando lui appoggiò il viso sul suo collo.

«È durata davvero un'eternità». Le baciò il collo, facendola rabbrividire piacevolmente nonostante il calore della stanza. «E so perché».

«Dimmi».

Contro la sua schiena, Sabrina sentiva il petto e la pancia nuda di lui. Come sempre, Daniel dormiva nudo.

«È perché abbiamo passato la giornata separati».

«Hai fatto quello che dovevi fare a New York oggi?» gli chiese.

Lui annuì e portò di nuovo la bocca sul collo di lei, baciandola dolcemente. «Ho fatto tutto quello che potevo». Poi sospirò. «Com'è andata la tua giornata?».

«Ho rivisto gli arrangiamenti musicali con il pianista. Penso che abbiamo sistemato tutto. Mi sarebbe piaciuto che tu fossi stato presente. Ha avuto dei suggerimenti meravigliosi e a volte ho avuto difficoltà a decidere».

Daniel le scostò una ciocca di capelli dietro la spalla. Le sue dita sfiorarono la pelle di lei, poi la accarezzarono delicatamente lungo il braccio, fino al gomito e all'avambraccio, finché lei non sentì le sue dita intrecciarsi con le sue.

«Mi dispiace di non essere stato lì ad aiutarti. Ma domani ti aiuterò in tutto quello che vuoi».

«Sei così dolce! Ma domani ho la prova del vestito con Holly e temo che tu non possa venire e dopo dovrò andare a cercare un regalo per Holly. Senza di lei. Quindi forse tu e Tim potete intrattenerla mentre io vado a fare shopping?».

«Un regalo per Holly?».

«Sì, è consuetudine che la sposa faccia un regalo alla sua damigella. Non sai nulla di matrimoni?». Lei ridacchiò e si girò sulla schiena per guardarlo.

Daniel fece una faccia buffa e alzò una mano. «Ehi, è la mia prima volta!».

Sabrina gli schiaffò una mano scherzosa sul petto, ridendo. «E sarà meglio che sia anche l'ultima!».

I suoi occhi scintillarono. «Te lo prometto!».

Il cuore di lei ebbe un sussulto e la sua risata si placò quando notò il desiderio acceso nei suoi occhi. Non si era mai sentita così amata in vita sua.

«Ti amo», mormorò lui, con il volto improvvisamente serio e gli occhi che si fissavano nei suoi come se volesse dirle qualcosa di importante. «Mi ucciderebbe se ti perdessi».

Alle sue strane parole Sabrina sentì la fronte aggrottarsi. «Perché dovresti perdermi?».

La mano di lui si avvicinò per accarezzarle la nuca, il pollice le accarezzò la guancia mentre si chinava su di lei, spostando il corpo in modo da essere sopra su di lei. «Ho tanto bisogno di te».

Poi le sue labbra si posarono sulle sue, reclamandola come un conquistatore che ha preso possesso di un nuovo continente, intenzionato a farlo suo. Insinuò la lingua nella sua bocca, baciandola così forte e così profondamente che lei si chiese se si sarebbe mai ripresa. Aveva sempre amato il modo in cui lui la baciava: con una determinazione unica, con una passione e una foga che non aveva eguali.

Ma quella sera aveva superato anche quel limite.

Non c'era nulla di frenetico nei suoi movimenti, nulla di affrettato. Eppure, allo stesso tempo, il suo bacio era urgente e totalizzante. Deliberato, come se avesse qualcosa da dimostrare.

E proprio come le sue labbra e la sua lingua facevano accendere un fuoco nel corpo di Sabrina, le sue mani non stavano in disparte e contribuivano ad alimentare le fiamme divampanti che inghiottivano il suo corpo e minacciavano di incenerirla, se Daniel non avesse spinto presto il suo cazzo dentro di lei.

Quando il pollice di lui scivolò sotto la vestaglia e le strofinò il capezzolo, lei gridò, incapace di contenere le sensazioni che la attraversavano.

«Ti piace, vero?» la stuzzicò prima di abbassare la testa e contemporaneamente spostare una spallina per liberare un seno.

Sabrina sussultò di piacere quando la sua lingua le leccò capezzolo e la sua bocca lo avvolse.

«Sì, lo adoro», canticchiò lei e spinse il seno più a fondo nella sua bocca.

Un gemito basso e animalesco rimbalzò contro il suo capezzolo.

Sabrina guardò la chioma scura di Daniel, stupita di come lui si prendesse cura di lei. Sabrina infilò le dita tra i suoi capelli e si inarcò contro di lui. Adorava il modo in cui lui le succhiava i seni.

«Di più», gemette dolcemente.

In risposta alla richiesta, le sue mani la spogliarono della vestaglia e la gettarono ai piedi del letto. Ora era nuda come Daniel. Nuda davanti a lui.

Quando lui sollevò la testa dal suo seno, lei notò il modo in cui la guardava: caldo, ferino, lussurioso e allo stesso tempo pieno di affetto.

«Dio, sono un fortunato figlio di puttana».

Anche la sua voce era diversa. Era rauca e piena di un bisogno impellente. Adorava sentirla, anzi la bramava, e assaporava la consapevolezza che era una voce riservata specificamente a lei, per quando erano soli.

Sabrina lo guardò mentre continuava ad accarezzarle e baciarle i seni. Le piaceva vedere i sottili cambiamenti del suo volto mentre la toccava e faceva l'amore con lei. Quando lo raggiunse, cercando di tirarlo su di sé per sentire il suo corpo duro sopra il proprio, lui le cinse i polsi e la fermò.

«Stenditi e lascia che ti ami stanotte, tesoro».

Lei si leccò le labbra e annuì, perché riconobbe lo sguardo di lui: era uno sguardo che non ammetteva rifiuti. Era determinato a farle provare piacere quella notte. Con un sospiro, lasciò cadere la testa sul cuscino e si abbandonò a lui.

La discesa di Daniel sul suo corpo fu lenta e tortuosa, mentre baciava, leccava e mordicchiava ogni centimetro della sua pelle nuda.

Quando raggiunse il suo sesso, si fermò e fece un respiro profondo, mentre i suoi occhi vagavano su di lei. La guardò con calma, quasi come se non l'avesse mai vista così: nuda ed eccitata, desiderosa del suo tocco.

«Che cosa c'è?» chiese lei, consapevole della situazione.

«Devo memorizzarti in questo modo».

«Perché?» mormorò Sabrina.

«Non lo so. So solo che devo farlo. C'è qualcosa di diverso in te stasera». Daniel sorrise dolcemente.

Sabrina deglutì a fatica. Pensava che fosse diversa stasera? Sospettava qualcosa? Aveva percepito il cambiamento che lei aveva iniziato a percepire?

Ma non ebbe tempo di pensarci, perché Daniel abbassò la testa verso il suo sesso.

Quando le sue labbra la sfiorarono e la sua lingua lambì le sue pieghe umide, lei chiuse gli occhi e premette più forte la testa sul cuscino, mentre i suoi fianchi si muovevano involontariamente verso di lui. Daniel le allargò le cosce, con le dita le accarezzava la fessura, mentre con la lingua le leccava il clitoride, infiammandola.

Il suo cuore batteva violentemente, i suoi respiri erano ansimanti e le sue mani afferrarono il lenzuolo come sostegno, stringendo il lussuoso tessuto tra i palmi per costringersi a non sollevarsi dal letto.

«Oh Dio!», esclamò soffocata.

Daniel sapeva come dare piacere a una donna. Non mancava mai di eccitarla e di farla impazzire. Con ogni leccata e carezza, la portava sempre più vicino al punto di non ritorno. La lussuria e il piacere aumentavano a dismisura, facendo sudare il suo corpo e battere il suo cuore come un tamburo. Si contorceva sotto la sua bocca, ma le mani di lui le bloccavano le cosce, impedendole di muoversi. Era alla sua mercé, vulnerabile ma al sicuro.

«Ci sono quasi», sussurrò. «Ti voglio dentro di me».

La testa di Daniel si sollevò e l'aria fresca soffiò sul suo sesso ardente. Tutto il suo corpo formicolava. Quando lui si spostò e portò il suo corpo sopra il suo, posizionando il suo cazzo al centro di lei, lei si avvicinò a lui, volendo sentire la sua asta dura come la roccia nella sua mano. Ma Daniel fece un balzo indietro con i fianchi.

«Non toccarmi, Sabrina», disse burbero.

Per un attimo lei si tirò indietro, sbalordita.

«Mi dispiace, piccola», disse rapidamente, con gli occhi che la guardavano con aria di scusa. «Ma sono appeso a un filo e se mi tocchi ora, sarà finita prima di cominciare».

Lei abbassò le palpebre in modo seducente. «Allora comincia», lo esortò.

Aspirando un respiro, lo trattenne mentre Daniel si spingeva dentro di lei. Un lento e delizioso bruciore si diffuse nel suo corpo che si allargava per accoglierlo. Lui la riempiva così completamente che era come se fossero un unico essere, i loro corpi perfettamente sincronizzati, i loro cuori che battevano come un tutt'uno.

«Ho bisogno di te, Daniel».

«E io ho bisogno di te più di quanto tu possa immaginare».

Daniel si ritrasse lentamente e poi si tuffò di nuovo dentro, questa volta ancora più forte e profondo di prima.

Sabrina avvolse le gambe intorno a lui, stringendolo a sé e non volendo mai lasciarlo andare. Come una coppia che aveva ballato insieme per decenni, i loro corpi si muovevano in perfetta armonia, unendosi, poi separandosi, poi unendosi di nuovo. Era una sinfonia d'amore, di lussuria e di passione.

Quando Daniel premette le labbra sulle sue e le catturò la bocca per un bacio ardente, Sabrina si sentì come sollevata in aria, fluttuando su una nuvola. Tutto ciò che li circondava si dissolse in lontananza e divenne una macchia. Solo loro due contavano. Solo loro due esistevano in quel momento.

Sabrina si inarcò sotto di lui, sollevando i fianchi per assecondare le sue continue spinte, volendo di più, avendo bisogno di più di lui, del suo cazzo.

Daniel staccò le labbra dalle sue. «Potrei rimanere dentro di te per sempre».

Per sempre. Quelle due parole la avvolsero come una ulteriore carezza.

Daniel appoggiò la fronte alla sua e chiuse gli occhi. La sua mascella si strinse. «Ma non riesco più a trattenermi. Sto per ... oh piccola, sto per venire. Mi dispiace».

Le sue spinte divennero forti, veloci e frenetiche. Lui stava perdendo il controllo e lei amava ogni secondo, perché era lei la causa. Il motivo per cui il suo viso era contorto dal piacere, il motivo per cui non riusciva a smettere di muoversi dentro di lei e il motivo per cui i suoi respiri erano corti e affannati.

Dentro di lei, sentì il cazzo di Daniel sussultare. I suoi muscoli si strinsero intorno a lui. Le sue gambe si strinsero attorno al suo sedere e lei si lasciò andare, accogliendo le ondate di piacere che la attraversavano.

«Daniel», gemette mentre l'orgasmo la invadeva. «Oh, Dio, Daniel...». Le sue parole si trasformarono in un debole gemito mentre si abbandonava completamente a lui.

Daniel le strinse le spalle mentre spingeva ancora una volta, seppellendosi così in profondità che lei gridò. Allo stesso tempo, sentì il caldo spruzzo del suo sperma riempirla.

Pochi istanti dopo, lui si accasciò su di lei, appoggiandosi sui gomiti e sulle ginocchia, con il viso appoggiato al suo collo. Il suo respiro caldo la solleticava piacevolmente. Respirando a fatica, Sabrina lo strinse con forza, senza volerlo lasciare andare.

«Stai bene, piccola?» le sussurrò contro il collo.

«Più che bene». Lei sorrise. «Wow, sei stato diverso stasera».

Lui sollevò la testa e la fissò negli occhi. «Diverso in che senso?».

Lei scosse la testa e lo studiò per un momento. «Non lo so. Più intenso. È successo qualcosa mentre eri a New York oggi?».

«No, non è successo nulla. Mi sei solo mancata». Poi le prese la bocca per un altro bacio, impedendole di parlare.

7

Sabrina scese le scale e si guardò intorno. «Holly?» chiamò.
«In cucina», rispose l'amica.
Si diresse verso la cucina e vi entrò un attimo dopo. «Sei pronta per la prova del vestito? Dobbiamo partire tra un minuto».

Holly si mise un dito sulle labbra per impedire a Sabrina di dire altro e indicò Raffaela che stava parlando al telefono. La sua futura suocera sembrava agitata.

«È un preavviso terribilmente breve per disdire. Ma va bene. Se non vuoi venire al matrimonio, allora non venire. Non abbiamo bisogno né vogliamo persone come te qui». Raffaela sbuffò disgustata. «Sono felice che tu non venga!». Sbatté il ricevitore sul supporto.

Sabrina guardò Holly, lanciandole un'occhiata interrogativa, ma Holly si limitò a scrollare le spalle, alzando le braccia in segno di impotenza.

«Buongiorno, Raffaela. Di cosa si trattava?» Sabrina indicò il telefono.

«Oh, niente». Raffaela sorrise tristemente.

«Qualcuno ha disdetto?» insistette Sabrina.

Raffaela sospirò. «Non è un problema, cara, non preoccuparti. A volte le persone disdicono all'ultimo minuto perché non riescono a tenere il calendario in ordine».

«Sei sicura? Sembravi molto turbata. Ci stiamo avvicinando al matrimonio e voglio assicurarmi che non ci siano problemi dell'ultimo minuto da affrontare».

«Non è nulla di importante. È solo sconvolgente quando qualcuno che aveva detto settimane fa che sarebbe venuto, all'improvviso disdice». Raffaela scrollò le spalle. «Non è niente di che. Sono cose che capitano, a volte». Sorrise e accarezzò la mano di Sabrina. Poi prese una penna e cancellò un nome sulla lista degli invitati, prima di riporla sul bancone accanto al telefono.

Lo sguardo di Sabrina cadde sulla lista. Notò subito delle linee rosse che sbarravano diversi nomi della lista e prese il foglio.

«Cos'è successo? Ho stampato la lista degli invitati solo ieri mattina. Tutte queste persone hanno disdetto da ieri?». Contò la lista. «Sono sette ospiti».

Raffaela prese l'elenco dalle sue mani, con un sorriso tirato sul volto. «Sinceramente, non preoccuparti, *cara*. È normale che accada. Quando mi sono sposata, metà della mia famiglia ha disdetto all'ultimo minuto».

Sabrina sussultò. «Ma è orribile. Mi dispiace tanto che sia successo a te». Non riusciva a immaginare di non avere la propria famiglia presente al suo matrimonio. Anche se sapeva che assicurarsi che non scoppiassero litigi tra sua madre e suo padre, che erano divorziati, sarebbe stato un risultato degno di un premio Nobel per la pace.

«Certo, questo manda all'aria tutti i posti a sedere». Raffaela si accigliò. «Sarà meglio che rifaccia la disposizione dei tavoli».

«Hai bisogno di aiuto?» Sabrina si offrì.

«No, ci penso io». Raffaela indicò le chiavi della macchina in mano a Sabrina. «Dove vai?».

«Io e Holly dobbiamo andare dalla sarta per un'ultima prova». Sabrina guardò l'amica con impazienza. «Sei pronta?».

Holly annuì. «Lasciami prendere la mia borsa».

Pochi istanti dopo, Sabrina e Holly erano sedute nell'auto sportiva di Daniel e stavano percorrendo la breve distanza verso il centro di

Montauk, dove la sarta lavorava in una minuscola boutique di abiti da sposa.

«Adoro questa macchina», disse Holly. «Mi sorprende che Daniel te la presti. Cosa guida lui allora oggi?».

Sabrina le lanciò un'occhiata di traverso. «Ha preso in prestito la Mercedes di suo padre e sta facendo delle commissioni con Tim. Gli ho detto che ti avrei lasciato al Maidstone Country Club verso l'ora di pranzo prima di andare a fare shopping a East Hampton, così potrai pranzare con i ragazzi».

«Vai a fare shopping dopo la prova? Perché dovresti lasciarmi lì a pranzo? Non ho bisogno di mangiare quanto di fare shopping».

Sabrina rise. Era ovvio che Holly avrebbe reagito così. «Mi dispiace, tesoro, ma questo è un giro di shopping che farò da sola».

«Ma perché?» Holly si agitò sul sedile.

«Non chiederlo».

«Dai», insistette Holly. «Perché non posso venire? Sai quanto mi piace fare shopping».

Sabrina sospirò. «Non puoi venire, perché devo comprare un regalo per te».

«Un regalo? Per me?». Holly saltellò entusiasta sul sedile del passeggero.

Sabrina rise. «Sei come un bambino prima di Natale!».

«Oh, sai quanto mi piacciono i regali. Sei l'amica più dolce del mondo!». Holly mise una mano sull'avambraccio di Sabrina e la strinse. «Non ti merito proprio!».

Sabrina ridacchiò. «Invece sì. Senza di te non avrei conosciuto Daniel. E non sarei felice come lo sono ora». A quelle parole, sentì le lacrime affiorare e le ricacciò giù. Ultimamente stava diventando così sentimentale. E non era la prima volta nelle ultime due settimane che le venivano le lacrime agli occhi senza motivo.

«Sì, è stata una bella cosa, vero?». Holly girò la testa e guardò fuori, ma la sfumatura di tristezza nella voce dell'amica non sfuggì all'attenzione di Sabrina.

«Cosa c'è che non va?».

«Ho pensato molto negli ultimi giorni», esordì Holly.

«A proposito di cosa?».

«Tu, il matrimonio, la tua vita. La felicità in generale. Sai...».

«Se stai pensando alla felicità, allora perché ho l'impressione che tu sia triste?». Sabrina distolse per un attimo lo sguardo dalla strada e guardò la sua amica.

Holly si voltò verso di lei. «Stavo pensando di uscire dal giro delle escort».

«Oh mio Dio, davvero?». Sabrina fu colta da un'ondata di sorpresa e gioia in egual misura. Pur non avendo mai giudicato la sua amica per aver scelto quella occupazione, aveva sempre segretamente sperato che un giorno Holly si sarebbe lasciata alle spalle il mondo delle escort e avrebbe ricominciato da capo.

Holly fece un sorriso incerto. «Voglio dire, è solo un'idea. Non so ancora come fare. Nel senso, non ho molti soldi da parte e non sono sicura di cos'altro potrei fare, ma credo sia arrivato il momento di cambiare vita».

«Holly, è fantastico! Sono così felice per te. Non che ti avrei mai giudicato, voglio dire...».

«Lo so», la interruppe Holly. «È per questo che la nostra amicizia è durata così a lungo. Ma è anche a causa tua che voglio uscirne».

«A causa mia?».

Holly annuì. «Vedo quello che hai. La felicità e un futuro con un uomo che ti ama davvero, a prescindere da tutto. Io voglio questo. Voglio un uomo così. Ma quale uomo mi amerebbe? Lo sai». Scrollò le spalle.

Sabrina cercò di protestare, ma Holly la interruppe immediatamente.

«Non farlo. Sappiamo entrambe che è la verità. Nessun uomo può rispettarmi se continuo a fare quello che faccio. È stato bello per un po'. Pagava le bollette. E ci sono stati momenti in cui mi piaceva davvero quello che facevo. Non me ne pento. Ma ora voglio andare avanti». Salutò verso le case che passavano lungo l'autostrada. «Voglio questo. Voglio una casa, un marito, dei figli. Voglio essere rispettabile».

Sabrina rivolse all'amica un sorriso caloroso. «E lo otterrai. Lo farai.

Perché ti conosco. Una volta che ti sei prefissata un obiettivo, lo raggiungerai. Sei forte. Più forte di me».

Holly ridacchiò. «Non lo so. Sei piuttosto forte. E resiliente».

«Anche tu».

Sabrina rallentò e mise la freccia, svoltando all'incrocio successivo. Mezzo isolato più avanti, accostò al marciapiede e parcheggiò l'auto di fronte a un piccolo negozio la cui vetrina mostrava un manichino da sarta che indossava un abito parzialmente finito.

«Siamo arrivate».

«Non è qui che hai comprato l'abito da sposa, vero?» chiese Holly.

«Certo che no. Ma non volevo tornare a New York per la prova, quindi ho trovato una persona del posto per fare le modifiche finali. È davvero brava. Me l'ha raccomandata Raffaela».

Sabrina scese dall'auto e Holly fece lo stesso. Poi entrambe si diressero all'ingresso del piccolo negozio e aprirono la porta. Un campanello tintinnò quando entrarono e chiusero la porta dietro di loro.

«Ah, Sabrina!» la salutò la donna dall'aspetto massiccio, con gli occhi che brillavano di calore materno. «E hai portato un'amica». Si diresse verso di loro tendendo la mano.

Sabrina la strinse. «Buongiorno, Julia! Questa è la mia amica Holly. È la mia damigella d'onore».

«Oh, che piacere conoscerti!».

«Anche per me è un piacere», rispose Holly.

«Bene, allora iniziamo». La sarta si avvicinò alla porta, la chiuse dall'interno e tirò giù una tenda per garantire la privacy. Poi fece lo stesso con la finestra, prima di voltarsi verso Sabrina e Holly.

«Mettiti il vestito e vediamo cosa dobbiamo fare».

In modo rapido ed efficiente, Julia la aiutò a spogliarsi, prima di aiutarla a indossare l'abito da sposa.

«Sali sul podio», disse indicando una piccola piattaforma di legno più alta del pavimento.

Sabrina fece come da istruzioni.

«È bellissimo!» esclamò Holly, guardandola a bocca aperta. «Stupendo! So che mi hai mandato una foto via e-mail, ma è ancora più bello indossato da te. Perfetto!».

Sabrina sorrise. «Mi sento una principessa». Si guardò nello specchio a muro. La parte superiore del vestito era un corsetto che le abbracciava il seno e, in vita, il tessuto di seta si allargava in una massa di stoffa che la faceva sentire come se stesse affogando nello zucchero filato.

«E ne hai l'aspetto», aggiunse Julia. «Ora girati e fammi vedere la lunghezza dietro».

Sabrina si girò come se stesse cercando di fare una piroetta sul ghiaccio e si sentì subito stordita. Allungò le braccia per cercare di stabilizzarsi. Prima che potesse cadere, Holly le afferrò il braccio e la sostenne.

«Stai bene?».

Sabrina fece un respiro profondo e cercò di recuperare l'equilibrio. «Ho solo un po' di vertigini. Mi dispiace. Non avrei dovuto muovermi così velocemente».

«Posso portarti qualcosa?» chiese Julia, con voce preoccupata.

«Magari giusto un bicchiere d'acqua».

«Naturalmente». La sarta sparì nella stanza sul retro.

«Sei sicura di stare bene?». Holly lo chiese di nuovo, guardandola in alto e in basso.

«Sì, sto bene. È solo che...». Sabrina esitò, poi abbassò la voce fino a un sussurro. «Credo di essere incinta».

«Cosa?». Gli occhi di Holly si allargarono per la sorpresa.

«Shhh!» Sabrina si rivolse con uno sguardo alla porta attraverso la quale la sarta era scomparsa. «Ieri ho fatto un test di gravidanza a casa ed era positivo».

«Oh mio Dio!» Holly si portò le mani sulla bocca e scosse la testa. «Sei sicura?».

Sabrina scrollò le spalle e sfiorò nervosamente la gonna dell'abito. «Non lo so. Ho fatto solo il test a casa. Con tutti i preparativi per il matrimonio non ho tempo di andare da un medico. Dovrà aspettare».

«Ma devi vederne uno, Sabrina. Ad esempio, oggi», insiste Holly. «Se vuoi, vengo con te».

«Grazie, Holly, ma credo che aspetterò fino a dopo il matrimonio».

Holly inclinò la testa di lato, con uno sguardo di disapprovazione. «Perché?».

«Sono già abbastanza stressata così, Holly. Non ho bisogno che anche questo incomba sulla mia testa».

«Vuoi questo bambino?».

«Cosa? Certo che lo voglio!». Sabrina si mise le mani sulla pancia per proteggersi. Avere il figlio di Daniel sarebbe stato un sogno che si realizzava. Scoprire prima del matrimonio che il test di gravidanza casalingo era sbagliato sarebbe stata un'enorme delusione, che non voleva affrontare in questo momento. «Che razza di domanda è?».

«Una domanda onesta». Holly mise le mani sui fianchi come se fosse pronta per una battaglia che era determinata a vincere. «Non capisco perché non vuoi andare dal medico e scoprirlo con certezza. Mi sembra che non saperlo sia più stressante che saperlo davvero». Holly si acciglò. «Ne hai già parlato con Daniel?».

Sabrina distolse lo sguardo e scosse la testa.

«Sabrina! Perché no? Hai paura che si arrabbi?» chiese Holly.

«No, perché dovrebbe essere arrabbiato?» chiese subito Sabrina con tono deciso. «So che sarà entusiasta, ma non voglio dirglielo finché non sarò sicura al cento per cento. Lo distruggerebbe se gli dicessi che sono incinta e poi scoprissi che non lo sono. Sai quanto possono essere imprecisi quei test casalinghi».

«Il che è un motivo in più per andare dal medico il prima possibile», incalzò Holly.

«Ci penserò, ok?».

Holly annuì con riluttanza.

«Nel frattempo, ho bisogno che tu mi prometta che non dirai nulla di tutto questo a nessuno. Nemmeno a Tim».

Holly sospirò. «Bene. Per il momento le mie labbra sono sigillate». Poi scoppiò in un sorriso. «Non posso credere che avrai un bambino».

«Lo so!». Sabrina strillò di gioia e abbracciò Holly. «E tu diventerai zia». Perché per lei Holly era come la sorella che non aveva mai avuto.

«Oh, sarò la zia migliore del mondo». Holly rise.

«Non ho dubbi al riguardo».

«Vizierò quella bambina come se fosse mia».

«Bambina?» Sabrina rise. «Cosa ti fa pensare che sia una femmina?».

Holly scrollò le spalle. «Intuito femminile? Ok, spero in una femmina così potrò mostrarle come fare shopping, farsi fare le unghie e raccontarle tutto sui ragazzi».

Sabrina dovette smettere di ridere e cercare di apparire di nuovo normale quando la porta si aprì e apparve Julia con un bicchiere d'acqua. Non voleva che qualcun altro lo scoprisse prima del tempo, perché sapeva quanto velocemente i pettegolezzi potessero diffondersi in una piccola comunità come Montauk.

8

Dopo aver accompagnato Holly al Maidstone Country Club, Sabrina guidò fino al villaggio di East Hampton.

Al suo arrivo la città sembrava affollata. Tuttavia, trovò un parcheggio vuoto e accostò. Dopo aver infilato diverse monete nel parchimetro, si aggiustò la borsa sulla spalla e camminò lungo il marciapiede, non sapendo ancora cosa prendere per Holly.

Stava vagando lungo la strada principale, dando un'occhiata alle vetrine dei negozi, cercando di trovare l'ispirazione, quando vide la signora Teller, la vicina di casa dei Sinclair, venire verso di lei.

«Salve, signora Teller», la salutò con un sorriso.

Gli occhi della donna si allargarono, riconoscendola chiaramente. Ma invece di ricambiare il saluto amichevole di Sabrina, si precipitò in strada e attraversò verso il lato opposto, prima che Sabrina la raggiungesse. Sorpresa dal suo strano comportamento, Sabrina si fermò per un attimo. No, il comportamento non era stato solo strano, ma addirittura ostile, se aveva interpretato correttamente il profondo cipiglio sul volto della signora Teller e la smorfia sulle sue labbra. Come se fosse inorridita da ciò che aveva visto.

Sabrina si guardò, chiedendosi se ci fosse qualcosa che non andava nel suo abbigliamento, ma non riuscì a trovare nulla di sporco o strappato che potesse giustificare una simile reazione. Nonostante le temperature calde, che facevano indossare alla maggior parte dei vacanzieri degli Hamptons dei pantaloncini corti, Sabrina indossava un abito estivo colorato che non mostrava troppa scollatura né era troppo corto.

Scuotendo la testa, Sabrina continuò a camminare lungo il marciapiede e cercò di dimenticare la signora Teller. Forse stava avendo una brutta giornata e non era dell'umore giusto per parlare con qualcuno.

Per un attimo guardò la vetrina di un negozio di lingerie. Il nome di *Lisette* era stampato sulla vetrina. Holly amava la bella lingerie. Faceva parte di ciò che era. Tuttavia Sabrina esitò. La rivelazione che Holly voleva lasciare il suo lavoro era stata una vera sorpresa. In effetti, una sorpresa gradita. Ma questo cambiava la persona di Holly? Significava che improvvisamente la lingerie non era più una delle sue priorità? Sabrina scosse la testa per i suoi stupidi pensieri. Holly era Holly. Era una donna estremamente bella, con lunghi capelli biondi, un sorriso splendido e un fisico per cui qualsiasi donna avrebbe ucciso. Anche se non intendeva più lavorare come escort, avrebbe comunque curato il suo aspetto e i suoi gusti in fatto di lingerie non sarebbero di certo cambiati.

Convinta che la lingerie fosse sempre il regalo perfetto per la sua amica, entrò nel negozio. Un campanello suonò e una musica soft proveniva da alcuni altoparlanti sul soffitto. All'interno del negozio c'era odore di candele profumate. Era già stata in quel negozio una volta con Raffaela e aveva trovato il personale di vendita molto disponibile, anche se non pensava di aver bisogno di aiuto questa volta. Conosceva i gusti di Holly e anche le sue misure.

Una commessa era impegnata ad aiutare un'altra cliente davanti a una vetrina di reggiseni, mentre la proprietaria del negozio stava alla cassa e concludeva l'acquisto di un altro cliente. Alzò per un attimo lo sguardo verso Sabrina, con un sorriso già sulle labbra, quando le sue sopracciglia si unirono e le sue labbra si fissarono in una linea cupa.

«Ciao», disse Sabrina nella sua direzione, ma non ottenne risposta.

Sentendosi in imbarazzo, si guardò alle spalle per controllare se dietro di lei fosse entrato qualcun altro che potesse aver causato il cipiglio della proprietaria, ma non c'era nessuno.

Scacciando la sensazione di disagio, Sabrina si avvicinò a un espositore di vestaglie e scorse la selezione, gravitando verso i capi in nero e rosso, due dei colori preferiti da Holly in fatto di lingerie.

Sollevò una vestaglia rossa con bordi neri in pizzo e la ispezionò più da vicino. Il tessuto era morbido, ma il pizzo era ruvido e si chiese se sarebbe stato comodo sulla pelle di Holly. Sabrina avvicinò il pizzo alla sua guancia e lo strofinò contro la sua pelle. In effetti era ruvido. Forse avrebbe dovuto prendere una vestaglia interamente in seta.

Si voltò verso un altro espositore, quando per poco non andò a sbattere contro la proprietaria del negozio.

Sballottata all'indietro, Sabrina sussultò e si premette una mano sul petto. «Scusami. Non ti avevo vista».

La proprietaria, Lisette, si rivolse a lei a bassa voce. «Vorrei che te ne andassi. Adesso. Senza fare scenate».

Sconvolta dalle sue parole, il cuore di Sabrina iniziò a battere all'impazzata. I suoi occhi tornarono a posarsi sulle vestaglie. Aveva fatto qualcosa di sbagliato? «Ma ho solo guardato le vestaglie».

«Non vogliamo persone come te qui».

L'ostilità nelle parole della donna fece scendere le lacrime negli occhi di Sabrina. Perché quella donna era così cattiva con lei? Non aveva sporcato il negligé quando lo aveva premuto sulla sua guancia. Sabrina non indossava nemmeno del trucco che avrebbe potuto macchiare l'indumento.

«Ma...».

«Fuori!».

Questa volta la voce della donna era più forte e, con la coda dell'occhio, Sabrina vide che l'altra commessa e il suo cliente l'avevano notata e stavano lanciando sguardi curiosi nella sua direzione. Il campanello suonò di nuovo e Sabrina non osò guardare in direzione della porta, non volendo che altre persone assistessero a quella scena imbarazzante.

«Cosa sta succedendo qui?» chiese improvvisamente una voce familiare, facendo alzare lo sguardo a Sabrina.

Paul Gilbert si diresse verso di loro con passi lunghi e decisi, lanciando un'occhiata di disappunto alla proprietaria del negozio.

«Paul», mormorò, sollevata di vedere un volto amico. «Credo che ci sia stato una sorta di malinteso. Non ho fatto nulla di male».

Paul annuì e le mise una mano sul gomito, allontanandola. «Ce ne andiamo, Sabrina».

Mentre lui la guidava verso l'uscita, Sabrina sentì il suo controllo crollare e percepì le lacrime scorrere sulle sue guance. Quando finalmente fu fuori e Paul la condusse via dal negozio, il suo respiro lasciò il petto come un singhiozzo.

Pochi istanti dopo, sentì le braccia di Paul intorno a lei, confortandola mentre singhiozzava contro la sua polo.

«Ho solo appoggiato la vestaglia sulla guancia», disse tra un singhiozzo e l'altro. «Solo per vedere se il pizzo graffiava».

«Va tutto bene ora». Le diede una pacca sulla schiena come se fosse una bambina.

«Non sono nemmeno truccata. Non l'ho sporcato». Lei si liberò da lui e colse il suo sguardo confuso. «Voglio dire che il trucco non può essersi spalmato sulla vestaglia», spiegò.

Nei suoi occhi brillava la comprensione. «Lascia stare. Che ne dici se ti offro una bella tazza di caffè?».

Lei singhiozzò e accettò il fazzoletto che lui le porgeva. «Grazie». Sollevò la testa. «Di solito non sono così emotiva».

«Non c'è niente di male. Hai tutto il diritto di essere emotiva. È una cosa molto importante da affrontare».

Lei annuì. I matrimoni sono stressanti.

«Vieni, conosco un'ottima caffetteria».

Sabrina si voltò nella direzione indicata da Paul e si bloccò. A pochi metri di distanza, Linda Boyd li stava osservando, con le labbra contratte in un ghigno. A Sabrina mancava solo questo! Linda aveva visto il suo sfogo emotivo e, per quanto ne sapeva, aveva anche assistito alla scena imbarazzante nel negozio. Conoscendo Linda, probabilmente aveva guardato attraverso la vetrina del negozio.

Sabrina distolse lo sguardo e si costrinse a sorridere. «Sì, un caffè sarebbe gradito adesso».

9

«Bene...». Padre Vincent batté le mani. «Penso che voi due siate pronti per il grande giorno». Sorrise. «Sarà una cerimonia bellissima».

«Sì, lo sarà», concordò Daniel con un sorriso mentre metteva un braccio intorno alla vita di Sabrina e la tirava a sé. «E dobbiamo ringraziare lei per questo».

«Oh, sicuramente». Sabrina annuì. «Il suo discorso è bellissimo, padre».

«Mi fa piacere che la pensi così». Si girò verso Holly e Tim, stringendo la mano di Holly. «Anche per me è stato un piacere conoscervi». Strinse la mano a Tim e tornò a guardare Daniel e Sabrina. «Se non avete altre domande o preoccupazioni, mi dirigo verso il mio incontro di counseling».

Daniel guardò Sabrina, con il cuore gonfio d'amore, e scosse la testa. «No, credo che sia tutto a posto. Grazie ancora, padre, e ci vediamo presto».

«Vi benedico». Padre Vincent si inchinò leggermente e li lasciò in piedi nella navata della piccola chiesa.

«Chi ha voglia di pranzare?» chiese Daniel.

Holly si asciugò gli occhi e annuì. «Sì, il pranzo sembra un'ottima idea».

«Stai piangendo?» chiese Sabrina con una risata. «Oh, Holly». Abbracciò l'amica. «Se ti fa sentire meglio, probabilmente piangerò anche durante la cerimonia vera e propria».

«Non riesco a credere che io e Tim siamo riusciti a farvi mettere insieme», disse Holly. «Forse dovrei aprire un'attività di organizzazione di incontri!».

Sabrina ridacchiò. «Forse dovresti!».

Daniel rise e iniziò a camminare verso l'uscita. Dovevano davvero ringraziare Tim e Holly per tutto questo. Se non fosse stato per loro, non avrebbe mai incontrato Sabrina e non avrebbe mai sperimentato cosa fosse il vero amore. «Bene, andiamo. C'è una piccola e fantastica baracca vicino alla spiaggia. Sembra una bettola, ma Frank fa la migliore zuppa di vongole e i migliori panini al granchio nel raggio di 80 km».

«Oh, mi ci hai già portato in passato. Un posto fantastico!» concordò Tim.

Daniel aprì la pesante porta di legno e strizzò gli occhi contro la luce intensa del sole di mezzogiorno. Dietro di lui, gli altri uscirono, ma prima che potesse voltarsi verso di loro e guidarli in direzione del Frank's Crab Shack, una criniera ramata dall'altra parte della strada attirò la sua attenzione.

Girò la testa per dare un'occhiata più da vicino e si bloccò.

Audrey!

Audrey stava entrando nel negozio di alimentari dall'altra parte della strada, chiudendosi la porta alle spalle. Era qui negli Hamptons! Si nascondeva da lui in piena vista! Quindi aveva indovinato: Audrey era rimasta nei paraggi in modo da poter osservare con gioia il caos causato dalle sue crudeli bugie. Molto probabilmente stava con i Boyd. Non c'era da stupirsi che Linda Boyd avesse saputo così presto dell'articolo di giornale e avesse avvisato sua madre, mentre lui dubitava che Linda leggesse il *New York Times*.

Il cuore gli rimbombò nelle orecchie e le sue mani si trasformarono in pugni. Avrebbe strozzato il bel collo di Audrey per le falsità che aveva diffuso su Sabrina.

Daniel si voltò verso Sabrina e i loro amici. Nessuno di loro sembrava aver notato Audrey entrare nel negozio. Era la sua occasione, ma doveva fare in fretta, prima che Audrey gli sfuggisse.

«Ehm». Daniel si schiarì la gola. «Perché non andate avanti e ci vediamo lì?».

Sabrina gli rivolse uno sguardo confuso. «Perché? Pensavo fosse stata una tua idea andare da Frank».

Si stampò in faccia un sorriso affascinante, mentre dentro di sé era in agitazione. «Se te lo dico, dovrò ucciderti». Fece un occhiolino scherzoso. Poi aggiunse rapidamente: «Non ci vorrà molto. Te lo prometto».

Tim fischiò, dandogli un buffetto sul fianco. «Sembra che Daniel voglia comprare qualcosa di speciale per te, Sabrina».

Daniel notò immediatamente il sorriso che si era stampato sulla bocca di Sabrina. «Perché non l'hai detto subito?». I suoi occhi scintillarono.

Le diede un breve bacio sulla bocca. «A quanto pare non posso avere segreti con te».

«Sembra proprio di no». Sabrina strizzò l'occhio e se ne andò con Tim e Holly.

Daniel aspettò e osservò fino a quando Sabrina, Tim e Holly non furono più visibili prima di attraversare la strada ed entrare nel negozio.

Osservò l'interno. Un discreto numero di clienti stava facendo acquisti nell'ampio negozio che vendeva di tutto, dal latte, ai biglietti d'auguri, alla cristalleria.

Scorse Audrey nell'angolo più lontano che guardava un'esposizione di bottiglie di olio d'oliva e aceto balsamico. In silenzio e rapidamente, si avvicinò a lei.

«Audrey», disse lui, arrivando alle sue spalle.

Lei sussultò e si girò di scatto verso di lui. «Daniel», lo salutò freddamente, con gli occhi che già sfrecciavano oltre di lui, come se cercasse una via di fuga.

«Dobbiamo parlare».

Daniel si guardò intorno. Troppi clienti erano vicini e avrebbero potuto ascoltare la loro conversazione, e quello che aveva da dire ad Audrey non era destinato alle orecchie di nessun altro.

«In privato», disse a denti stretti, mentre i suoi occhi cercavano un posto che gli permettesse di avere un minimo di privacy. Un cartello attirò la sua attenzione.

Prima che lei potesse protestare, lui afferrò il polso di Audrey e la trascinò verso una porta. Su di essa era stampata la scritta "*Bagno*". Spinse la porta, trascinando con sé una riluttante Audrey, poi aprì la porta del bagno degli uomini e la spinse dentro.

«Toglimi quelle cazzo di mani di dosso!», disse lei, strappando la mano dalla sua presa.

Daniel chiuse a chiave la porta. «So che sei stata tu, Audrey».

«Di cosa stai parlando?». Audrey appoggiò le mani ai fianchi e lo guardò con aria di sfida.

«Dannazione, Audrey! Non fare la stupida con me. Sei stata tu ad andare al giornale con quella storia ridicola di Sabrina come squillo. So che eri tu la fonte del giornalista».

«Dimostralo!».

«Non ho bisogno di provarlo. Sappiamo entrambi che sei stata tu, quindi smettila con le stronzate!».

«E allora? Le persone hanno il diritto di sapere quando qualcuno nella loro comunità porta una prostituta da due soldi in mezzo a loro e la fa passare per una donna rispettabile».

«Sabrina non è una prostituta!» Daniel urlò e alzò il pugno. Non aveva mai picchiato una donna, ma per Dio, ora ci era vicino. «Oggi pomeriggio contatterai la giornalista, le dirai che hai commesso un errore, che si è trattato di uno scambio di persona e le chiederai di ritirare l'articolo e di presentare le sue scuse».

Lei sorrise nel modo compiaciuto che lui aveva sempre odiato. «No».

«Non provocarmi, Audrey. Non hai idea di cosa sono capace».

«Non sei l'unico che può minacciare». Incrociò le braccia sul petto. «Non puoi più darmi ordini! Mi hai scaricato per quell'insignificante pezzo di...».

Daniel la spinse contro il muro, puntandole il dito in faccia. «Non finire la frase!».

«Anche se non lo dico, è sempre vero. Ho le prove, Daniel! Prove concrete che non possono essere contestate. Il giornale non pubblicherà una correzione, né tanto meno delle scuse. Ho la documentazione».

«Quale cazzo di documentazione? Non ci sono prove, perché Sabrina non è una squillo! Qualsiasi cosa abbiate è falsa!».

«Non lo è!» Audrey insistette. «Ce l'ho nero su bianco!».

«Dimmelo subito, o...».

«O cosa? Non sono più la tua ragazza!».

«Grazie a Dio!» mormorò. Aveva schivato un proiettile quando aveva trovato Audrey a letto con il suo avvocato.

Audrey lo fissò, la sua bocca ora sprizzava veleno. «Ne sono felice! Per fortuna non ti ho mai sposato! Immagina l'orrore di trovare un addebito per un servizio di escort sull'estratto conto della tua carta di credito! Come tua moglie sarei sprofondata sotto terra per la vergogna! Per fortuna mi è stata risparmiata quell'umiliazione!».

«L'estratto conto della carta di credito?» Era così che l'aveva scoperto? Lui le afferrò le braccia, sporgendosi in modo da avere il viso a pochi centimetri dal suo. «Come hai avuto i miei estratti conto?». Le uniche persone che si occupavano degli estratti conto delle sue carte di credito erano la sua assistente Frances e lui stesso. «Frances non avrebbe mai...».

Audrey lo interruppe con una risata. «Ah no? Credo che tu abbia dimenticato chi ti ha raccomandato Frances quando stavi cercando una nuova assistente».

Daniel la lasciò andare come se si fosse scottato su un fornello caldo e fece un passo indietro. «Frances?». Cazzo! Come aveva fatto a non accorgersene? Come aveva fatto a non capirlo? Ora tutto aveva un senso: Frances aveva costantemente tenuto Audrey al corrente dei suoi spostamenti, dei suoi viaggi e persino dei suoi acquisti. E c'era effettivamente un addebito da un servizio di escort sull'estratto conto della sua carta di credito.

E Claire Heart gli aveva detto la verità, cioè che aveva contattato il suo ufficio per un commento, e Frances aveva affermato che lui non voleva parlarle? Di certo Frances non gli aveva riferito il messaggio di Claire Heart.

Audrey ridacchiò. «Sì, Frances mi ha aiutato a far quadrare tutto. Sapevo che c'era qualcosa di strano quando ho sorpreso te e lei quella sera in hotel. Ma non riuscivo a capirlo. Ma quando ho sentito parlare di Holly, l'amica di Sabrina, mi sono ricordata di una cosa: quella sera avevi chiamato Sabrina 'Holly'. Non conoscevi il suo vero nome». Audrey si raddrizzò la camicetta e sorrise. «Ho fatto due più due. E quando ho visto l'addebito sulla tua carta di credito, ho scavato un po' più a fondo. Onestamente, alla fine è stato quasi troppo facile. Sabrina è una prostituta, ma non ha nemmeno avuto il coraggio di usare il suo nome. Ha usato il nome di un'amica, come se questo potesse nascondere ciò che era!».

Il suo sangue si raffreddò. «La pagherai per questo! Ricorda le mie parole!». Aprì la porta e si precipitò fuori, inseguito dalla risata beffarda di Audrey.

Quando raggiunse il marciapiede, fece alcuni respiri profondi. Ma non servirono a placare la sua rabbia. Tirò fuori il cellulare dalla tasca e fece il numero.

«Buon pomeriggio, signor Sinclair», rispose Frances, avendo chiaramente riconosciuto il suo numero di cellulare sul display del telefono.

«Sei licenziata, Frances! Pulisci la tua scrivania e vattene! Avverto la sicurezza e ti scorteranno fuori dall'edificio».

Un sussulto si levò dall'altro capo. «Licenziata? Ma io non...».

«Non contare sulle mie referenze! Forse la tua amica Audrey può trovarti un'altra posizione, ma *io* non assumo persone che mi sono sleali».

Riattaccò, provando per la prima volta nell'ultima mezz'ora un brivido di soddisfazione. Chiunque lo avesse ostacolato avrebbe avuto lo stesso destino di Frances. Il giornale sarebbe stato il prossimo. E poi Audrey avrebbe provato la sua ira. Ma per quello doveva chiamare i rinforzi.

10

Daniel chiuse la porta della casa galleggiante e si girò verso Tim e Holly.

«Cos'è tutto questo sgattaiolare?» chiese Tim.

«Non voglio che Sabrina sappia cosa sta succedendo». Guardò Holly. «Sei sicura che sia impegnata per la prossima ora?».

Holly annuì. «L'ho convinta a fare un lungo bagno. Ne ha bisogno. Sembra davvero esausta. Credo che tutto lo stress per i preparativi del matrimonio le stia dando alla testa. E ieri, quando è tornata dallo shopping per un regalo per me, sembrava agitata».

Daniel si passò una mano tra i capelli. «Un motivo in più per assicurarsi che non scopra cosa sta succedendo».

Tim sollevò un sopracciglio. «Si tratta dell'articolo del *New York Times*?».

«Lo sai?» chiese Daniel, nemmeno tanto sorpreso. Aveva pensato di parlarne in quel momento a Tim, ma era contento di non doverlo fare. Sapeva che Holly lo sapeva già, perché era andata a fare la spesa con sua madre quando Linda le aveva avvisate dell'articolo, o meglio, quando Linda aveva spiattellato la brutta notizia con allegria.

Tim fece cenno a Holly. «Holly me l'ha detto».

Holly si limitò a scrollare le spalle. «Ehi, ti ho solo risparmiato il disturbo. Inoltre, lui sa già tutta la storia. Quindi, niente di male».

«Meglio così». Daniel sospirò. «So chi c'è dietro».

«Chi?». Holly lo guardò con aspettativa.

«Chi pensi che sia? Audrey, ovviamente».

«È confermato?» chiese Tim.

«Lo ha ammesso. Sono andato dall'articolista che ha scritto l'articolo e lei ha affermato di avere prove concrete che Sabrina è una squillo, ma non ha voluto fornirmi la sua fonte né dirmi quali fossero queste prove. Nonostante ciò, l'ho scoperto e ho affrontato Audrey».

«E? Farà in modo che il giornale ritratti la storia? È chiaramente falsa. Lo sappiamo tutti», disse Holly.

Daniel sbuffò. «Certo che no. Stiamo parlando di Audrey. Ecco perché dobbiamo screditare le prove che ha».

Tim appoggiò le mani sui fianchi. «E che tipo di prove ha?».

«L'estratto conto della mia carta di credito con l'addebito del servizio di escort. Anche se non c'è nulla nel nome che indichi che si tratta di un servizio di escort, in qualche modo lei l'ha capito».

«Cazzo! Come?» chiese Tim.

«La maggior parte degli addebiti ha un numero di telefono accanto, in modo da poterli contestare se necessario. Immagino che abbia chiamato e abbia capito in qualche modo».

Holly lanciò un'occhiata a Tim. «Vedi, te l'avevo detto che non avremmo dovuto farlo tramite l'agenzia!».

«Se non l'avessimo fatto, avrebbe sentito subito puzza di bruciato», così Tim difese la sua azione.

«Ehi! Ragazzi!» Daniel li interruppe. «Quel che è fatto è fatto».

«Come ha fatto Audrey ad avere accesso all'estratto conto della tua carta di credito? Con chi è andata a letto questa volta?» chiese Tim.

«Non doveva andare a letto con nessuno. Aveva la mia assistente Frances in tasca».

«Merda!» esclamò Tim.

«L'ho licenziata».

«Buon per te!».

Holly si appoggiò a un banco di lavoro. «Aspettate, ragazzi. Come avrebbe fatto a passare da un addebito sulla carta di credito da parte della mia agenzia a sapere che è stata Sabrina a presentarsi? Anche se fosse riuscita a convincere in qualche modo il personale dell'agenzia a rilasciare il nome dell'escort che ha effettuato la prenotazione, avrebbe ottenuto il mio nome, non quello di Sabrina».

«Holly ha ragione», concordò Tim.

Daniel si sfregò il mento. «Non ne sono sicuro. Ha detto che si è insospettita perché ho chiamato Sabrina 'Holly' la sera in cui Audrey ci ha sorpresi nella stanza d'albergo. Quindi crede che Sabrina abbia usato uno pseudonimo, per così dire, quando lavorava per l'agenzia. Che abbia finto di essere qualcun altro». Il che, ironicamente, era la verità. Aveva finto di essere Holly, ma Sabrina non era una escort.

«Non dovrebbe essere troppo difficile smentirlo. Dopo tutto, la vera Holly è proprio qui». Tim indicò Holly, che inclinò la testa di lato, lo guardò e poi alzò il dito medio in segno di saluto.

«No, Tim. Non ho intenzione di rivelare a tutti quello che Holly fa per vivere. Deve esserci un altro modo. Inoltre, le voci inizieranno a girare e la gente penserà che vado a letto con la migliore amica di Sabrina. In ogni caso, non posso esporre Holly».

Holly sorrise a Daniel. «Grazie, è bello sapere che almeno una persona qui ha ancora un po' di decenza».

Tim scrollò le spalle. «Era solo un'idea su come potremmo interpretare un caso di scambio di persona. Niente di personale, tesoro».

Holly alzò gli occhi al cielo e tornò a guardare Daniel. «Ma sai che lo farò se è l'unico modo per sistemare tutto. Lo farò. Ma pensaci un attimo. Come puoi confondermi con Sabrina o viceversa? Non ci assomigliamo per niente!».

«Beh, non sembra ottimale per inscenare un caso di scambio di persona», disse Daniel, rassegnato.

«Non così in fretta», suggerì Holly.

Daniel la fissò confuso. «Cosa vuoi dire? Pensavo fossimo d'accordo che non avremmo detto loro che sei tu l'accompagnatrice».

«Sì, infatti. Ma non sto parlando di me. Se vogliamo convincere il giornale che si è trattato di un caso di scambio di persona, dovremo dare loro un'altra Sabrina».

«Temo di non seguirti», interruppe Tim, strofinandosi la nuca.

«Allora, cosa avevi in mente esattamente, Holly?» chiese Daniel con curiosità.

Lei sorrise criptica. «Lascia che ci lavori su. Ci vorrà un po' di tempo per organizzarlo, ma sono sicura di poterci riuscire».

Daniel scambiò uno sguardo con Tim, che annuì. «Bene. Nel frattempo, Tim, puoi trovarmi un ottimo investigatore privato?». Sapeva che l'azienda di Tim utilizzava regolarmente investigatori privati.

«Locale?».

Daniel annuì.

«Certo che sì. Parlerò con il mio uomo a San Francisco e mi farò raccomandare qualcuno a New York. Cosa vuoi che faccia per te?».

«Cerca di scoprire qualcosa di compromettente su Audrey. Nessuno è pulito al 100%. Dobbiamo fare leva su di lei per convincerla ad andare al giornale e ammettere che la documentazione che ha fornito è falsa, in modo che ritrattino la storia».

«Ok, ci penso io».

11

Sabrina era in piedi sui gradini di casa, con una tazza di caffè in mano, e osservava il caos che si stava creando nel vialetto. C'erano diversi camion parcheggiati e gli operai stavano scaricando le attrezzature per costruire una tenda nel cortile, dove si sarebbero svolti la cerimonia e il ricevimento.

Scese i gradini e si fece strada tra la folla di operai, osservandoli con trepidazione mentre trasportavano lunghi pali verso il retro della casa, calpestando il prato incontaminato di Raffaela, sfiorando le sue bellissime aiuole e distruggendo piante delicate con i loro stivali.

Sabrina rabbrividì, ma sapeva che non c'era altro modo per raggiungere il cortile se non passare attraverso la casa stessa, il che non era assolutamente un'opzione. Gli operai avrebbero fatto cadere vasi di valore inestimabile e altri oggetti decorativi insostituibili se avessero trasportato i pali attraverso il corridoio.

Sabrina si voltò, non volendo più assistere all'inevitabile caos, quando un furgone della FedEx si fermò alla fine del vialetto. Aspettò che l'autista scendesse e lo vide dirigersi verso di lei con una busta in mano.

«Buongiorno», Sabrina salutò il corriere.

«Buongiorno. Ho una consegna per una certa Sabrina Palmer», rispose.

«Sono io». Sabrina sorrise e prese la lettera che lui le porgeva.

«Firma qui, per favore».

Sabrina appoggiò la tazza sul muretto di pietra e scarabocchiò la sua firma sul display del dispositivo elettronico, poi glielo restituì. «Ecco a te».

«Buona giornata», disse lui tornando al suo furgone.

Incuriosita, Sabrina aprì la busta. All'interno c'era un unico foglio di carta. Una carta intestata del suo attuale datore di lavoro: Yellin, Vogel e Winslow.

Il suo cuore si fermò. Una volta, quando viveva a San Francisco, aveva ricevuto una lettera dal suo datore di lavoro, anch'essa consegnata dal corriere. Non erano state buone notizie allora e aveva la sensazione che non lo sarebbero state nemmeno adesso.

Gentile signora Palmer, si leggeva.

Con la presente lettera la informiamo che il suo rapporto di lavoro con Yellin, Vogel e Winslow è terminato con effetto immediato.

Potrà ritirare i suoi effetti personali presso la reception al rientro dal congedo.

Era firmata dal direttore dell'ufficio, non da uno dei soci.

Il cuore di Sabrina batteva all'impazzata. La stavano licenziando? Senza dare alcuna motivazione? Un senso di déjà vu la colpì. C'era qualcosa di sbagliato, terribilmente sbagliato.

Le lacrime le bruciavano gli occhi mentre prendeva il cellulare. Sicuramente doveva trattarsi di una sorta di errore. Non aveva fatto nulla per meritarlo. Anzi, proprio prima del congedo che le avevano concesso per prepararsi al matrimonio e fare una vera e propria luna di miele, i soci le avevano detto quanto stesse facendo bene. La signora Vogel aveva persino espresso il suo compiacimento per le prestazioni di Sabrina sul lavoro fino a quel momento.

Compose il numero.

«Studio legale di Yellin, Vogel e Winslow. Come posso indirizzare la sua chiamata?»

«Salve Martha, sono Sabrina Palmer. Potrei parlare con uno dei soci, quello che è disponibile, non importa chi», disse Sabrina con impazienza mentre camminava avanti e indietro sul vialetto.

Ci fu una lunga pausa all'altro capo del telefono. «Mi dispiace, signora Palmer, ma i soci sono impegnati in una riunione e non saranno disponibili per la maggior parte della giornata».

Era una bugia e Sabrina lo sapeva. Lo sentiva nella voce della receptionist. Non solo i soci l'avevano licenziata, ma avevano anche ordinato alla receptionist di non passare la chiamata di Sabrina. Cosa stava succedendo?

«Grazie», borbottò e riattaccò.

Ma non si sarebbero liberati di lei così in fretta. Scorse l'elenco dei contatti e trovò il numero diretto di Celeste, l'assistente della signora Vogel. Lo compose.

«Ufficio della signora Vogel», rispose Celeste al secondo squillo.

«Ciao, Celeste. Sono Sabrina Palmer. Posso parlare con la signora Vogel?».

La rapida boccata d'aria che sentì provenire dalla linea le disse che Celeste stava cercando una risposta alla sua richiesta. «Mi dispiace, Sabrina, ma è fuori ufficio. Non tornerà prima di domani».

Sabrina si fermò un attimo. La receptionist aveva detto che tutti i soci erano in riunione e ora Celeste le stava dicendo che la signora Vogel era fuori dall'ufficio.

«Celeste, per favore, ho bisogno di parlarle. È un'emergenza. So che è lì».

«Mi dispiace davvero tanto, Sabrina, ma non posso passartela».

Sabrina tratteneva le lacrime. «Celeste, ti prego, dimmi cosa sta succedendo. Ho appena ricevuto una lettera certificata di licenziamento. Sto cercando di capire perché. Ma nessuno mi parla».

Celeste esitò, poi abbassò la voce a un livello tale che Sabrina dovette sforzarsi per sentirla. «Mi dispiace. Siamo rimasti tutti scioccati quando abbiamo saputo del tuo licenziamento. Ma, sai, non puoi davvero biasimarli».

«Cosa vuoi dire? Non ho fatto nulla! Hanno elogiato il mio lavoro prima che partissi per le vacanze».

«Non si tratta del tuo lavoro». Celeste sospirò. «Si tratta dell'articolo del *New York Times* di qualche giorno fa. Quello nelle pagine di società. Mi dispiace. Devo andare».

La chiamata venne interrotta.

Per un attimo Sabrina rimase lì, sbalordita. Un articolo sulle pagine mondane del *New York Times* l'aveva fatta licenziare? Con il cuore in fibrillazione, corse in casa, rendendosi conto troppo tardi di aver lasciato la tazza di caffè sul recinto di pietra, e si precipitò al piano di sopra.

Dopo pochi istanti raggiunse la stanza che condivideva con Daniel e prese il portatile dal comodino. Lo portò alla piccola scrivania sotto la finestra e si sedette. Mentre il computer si avviava, batté nervosamente le dita sulla superficie di legno.

Non appena il suo portatile le mostrò la schermata di benvenuto e lei si fu connessa, aprì il browser e digitò l'indirizzo web del *New York Times*. Il sito apparve immediatamente. Non perse tempo a scorrere le notizie, ma utilizzò la funzione di ricerca, digitando il suo nome e premendo il tasto invio.

I risultati della ricerca arrivarono in un secondo.

Cliccò sul primo link. Questo la portò all'annuncio di fidanzamento pubblicato qualche settimana prima. Sotto una foto di lei e Daniel, erano stati scritti due paragrafi sulle loro imminenti nozze. L'articolo non conteneva nulla di incriminante. In realtà, i suoi datori di lavoro sapevano benissimo chi avrebbe sposato: un magnate degli affari appartenente a una famiglia estremamente ricca e ben collegata degli Hamptons. Sapevano anche che Sabrina non aveva bisogno di lavorare se non voleva farlo. Tuttavia, non voleva essere solo la moglie trofeo di Daniel. Aveva insistito per trovare un lavoro in cui sentisse di dare il suo contributo. Dopo l'annuncio del fidanzamento, aveva detto chiaramente ai suoi datori di lavoro che intendeva continuare a lavorare anche dopo il matrimonio.

Sabrina cliccò sul pulsante indietro e tornò ai risultati della ricerca. Cliccò sul secondo link. Apparve la stessa foto di prima e Sabrina stava per cliccare di nuovo sul pulsante indietro, quando i suoi occhi caddero sul titolo: Il *magnate degli affari Daniel Sinclair sposa una squillo d'alto bordo*.

Il suo cuore si fermò per un attimo. Non poteva essere vero! Ma mentre i suoi occhi scorrevano il testo sotto il titolo, il terrore e la vergogna le si posarono nello stomaco.

Un uccellino mi ha detto che l'imprenditore di successo e milionario Daniel Sinclair, la cui famiglia altrettanto ricca vive a Montauk, NY, ha deciso di sposarsi al di fuori della sua classe. Secondo una fonte attendibile, la sua fidanzata, Sabrina Palmer, lavorava come escort di alto livello a San Francisco, dove ha conosciuto il signor Sinclair, che era un cliente del servizio di escort che impiegava la signora Palmer. Né il signor Sinclair né la signora Palmer sono stati raggiunti per un commento.

Qualcuno si era imbattuto nella piccola bugia bianca di essere una escort che aveva raccontato a Daniel la sera in cui si erano conosciuti e aveva pensato che fosse vera? Le uniche altre persone a parte Daniel e lei che ne erano a conoscenza erano Holly e Tim. E Sabrina sapeva che nessuno dei due ne avrebbe mai parlato con nessuno. Ma chi altro? Possibile che Hannigan l'avesse scoperto dopo averli sorpresi nel loro weekend di vacanza a Sonoma? Non avrebbe mai creduto che l'ex supervisore del suo vecchio studio legale, che aveva così disperatamente cercato di entrare nelle sue mutande, potesse fare accuse come queste se avesse sospettato qualcosa. Dopo tutto, aveva perso il lavoro a causa di Daniel.

Dubitava fortemente che chiunque avesse fatto affari con Daniel avrebbe fatto una cosa del genere. Poi si bloccò. Daniel! Quando l'avrebbe scoperto, si sarebbe infuriato. E i suoi genitori sarebbero stati sconvolti. Evidentemente non lo sapevano, altrimenti Sabrina avrebbe visto il loro comportamento cambiare.

Guardò la data dell'articolo. Era apparso il giorno in cui il giornale non si era presentato. Coincidenza? Non voleva fare ipotesi.

Ma aveva bisogno di parlare con Daniel in quel preciso istante.

In cucina trovò solo Raffaela. Lo stomaco di Sabrina si contorse al pensiero che la madre di Daniel leggesse l'articolo. Cosa avrebbe pensato Raffaela di lei?

«Raffaela, hai visto Daniel?».

«È uscito circa mezz'ora fa per andare a ritirare i segnaposto dalla tipografia. Tornerà presto». Raffaela sorrise.

«Grazie. Mi presti la tua macchina?».

«Certo, *cara*. Le chiavi sono sul tavolino in corridoio».

Con tutta la calma possibile, Sabrina lasciò la cucina. Forse era meglio che lei e Daniel avessero quella conversazione lontano da casa, dove i genitori di lui non avrebbero potuto ascoltarli.

12

«Buon pomeriggio, come posso aiutarla?» disse l'uomo anziano e grassoccio, spingendo i suoi spessi occhiali sul naso e fissando direttamente Daniel. I suoi occhi sembravano enormi dietro le spesse lenti, lasciando intendere che la sua vista era estremamente scarsa.

Il signor Peats della Peats' Printing dimostrava la sua età: a settantacinque anni sarebbe dovuto andare in pensione e prendersela con più calma, ma Daniel sapeva da sua madre che l'unico figlio di Peats non aveva mai mostrato alcun interesse per l'attività e nemmeno i suoi nipoti. Alla fine, quando il signor Peats non avrebbe più potuto svolgere il suo lavoro, un altro amato negozio locale sarebbe scomparso. Era davvero triste.

«Daniel Sinclair». Sebbene conoscesse il negoziante da oltre trent'anni, Daniel dubitava che l'uomo lo riconoscesse. «Sono qui per ritirare dei segnaposto di matrimonio che ho ordinato un paio di settimane fa. Mi hanno chiamato per dirmi che erano pronti per essere ritirati».

«Ah sì. Certo». Il signor Peats annuì e mescolò una pila di carte sul bancone.

Daniel aspettò pazientemente, non volendo causare stress al vecchio mentre cercava il modulo d'ordine corretto.

Alla fine tirò fuori un foglio di carta e lo tenne vicino agli occhi. «Ah sì, il matrimonio Sinclair. Ce l'ho sul retro».

Si girò e attraversò la porta dietro il bancone, chiudendola alle sue spalle.

Pensando che il signor Peats ci avrebbe messo un po', Daniel tirò fuori il cellulare dalla tasca e controllò se c'erano messaggi. Dopo aver licenziato Frances, aveva chiamato un'agenzia interinale per occupare il posto vacante fino a quando non avesse potuto assumere un sostituto più stabile. Sebbene avesse avvisato l'assistente temporanea che era in vacanza e che avrebbe dovuto essere disturbato solo in caso di assoluta emergenza, aveva già ricevuto alcune e-mail da lei, che gli chiedeva come gestire i vari problemi che si erano presentati. Daniel scorse i messaggi, ma non ce n'erano di nuovi.

Alle sue spalle, sentì la porta aprirsi e diede un'occhiata alle sue spalle. Si fermò.

«Eve?».

Eve McCall, la sua vecchia fidanzata del liceo, entrò nel negozio indossando pantaloni Capri bianchi e una canottiera che metteva in mostra la sua vita stretta e il suo seno perfetto.

«Daniel!». I suoi occhi si allargarono per la sorpresa e il suo viso si illuminò mentre si dirigeva verso di lui, sorridendo. «Che sorpresa!».

«Stavo pensando la stessa cosa. Cosa ci fai qui?».

«Ho fatto stampare dei biglietti da visita e sono qui per ritirarli».

Daniel lanciò un'occhiata alla porta attraverso la quale il signor Peats era scomparso, sperando che il proprietario del negozio tornasse presto. «Biglietti da visita?» chiese gentilmente, anche se non era molto interessato alla risposta di Eve.

«Sì, sto avviando la mia piccola attività».

«Congratulazioni! Spero che sia un grande successo».

Non sembrava dispiaciuta che lui non le avesse chiesto ulteriori dettagli sulla sua nuova attività. «Grazie. E tu, perché sei qui?».

«Segnaposto per il matrimonio».

«Oh». Eve aggrottò le sopracciglia, ma poi si rimise il sorriso in faccia e annuì con comprensione. «Hai intenzione di continuare a farlo, allora?».

Daniel inspirò bruscamente. «Certo che lo sono. Perché non dovrei?».

«Beh, è solo che, sai, dopo quell'articolo sul giornale, ho pensato che...».

«Hai pensato cosa, Eve?» lo interruppe, anche se la sua voce rimase uniforme e calma. Non voleva mostrarle come la menzione dell'articolo lo avesse fatto arrabbiare. «Che non avrei sposato Sabrina? È l'amore della mia vita. Niente mi impedirà di sposarla».

«Non intendevo dire che non la ami. Ma ti conosco». Sorrise dolcemente, avvicinandosi un po' di più. «E so che non tolleri questo tipo di comportamento. Sicuramente ti avrà ingannato».

La voce dolce come lo zucchero di Eve iniziava a dargli sui nervi, ma esteriormente non mostrava la sua agitazione. «Ti assicuro che Sabrina non mi ha ingannato. So esattamente chi e cosa è. E non è una squillo».

«Oh?». Eve emise uno sbuffo. «Beh, allora diciamo che ai fini di questa discussione non lo è, ma ci sono ancora molte persone che pensano che lo sia. Non credo che sia il tipo di reputazione che vorresti che avesse tua moglie». Lei sbatté le ciglia e lo guardò con innocenza.

«Dove vuoi arrivare?».

Eve allungò la mano e gli toccò l'avambraccio. Anche se gli era piaciuto il tocco dell'ex cheerleader quando erano usciti al liceo, ora avrebbe voluto strozzarla per avergli messo la mano addosso.

«Sono solo preoccupata per te, Daniel. So che sei una persona molto leale. Ci conosciamo da molto tempo. Non vorrei che ti facessi male».

«Non mi farò male». Lui fece un passo indietro, facendo scivolare la mano di lei dal suo avambraccio.

Eve annuì. «Sei sicuro?».

Si salvò dalla risposta quando il signor Peats entrò di nuovo nel negozio, portando con sé una scatola. Daniel si girò verso di lui e tirò fuori il portafoglio dalla tasca, mentre il vecchio posava la scatola sul bancone.

«L'ho trovato. Scusi se ci ho messo tanto», si scusò e aprì la scatola, facendo cenno a Daniel di dare un'occhiata più da vicino.

Daniel si avvicinò e tirò fuori un segnaposto, ispezionandolo rapidamente. «Sono fantastici». Era ansioso di andarsene e di allontanarsi da Eve.

«Sono contento che le piacciano». Il signor Peats fece un ampio sorriso.

Daniel fece scivolare la sua carta di credito sul bancone e guardò impaziente mentre il signor Peats la passava sul suo lettore di carte e digitava l'importo.

«Firmi qui, per favore».

Daniel scarabocchiò frettolosamente la sua firma sulla ricevuta, afferrò la sua carta di credito e prese la scatola dal bancone. «Grazie».

Si girò per andarsene. «Ciao, Eve».

Ma Eve non si arrese così rapidamente. «Aspetta, vengo con te».

Non volendo fare una scenata davanti al signor Peats, Daniel non le rispose e continuò a camminare verso la porta. Quando la aprì e uscì sul marciapiede, Eve lo seguì. Lui si voltò a metà strada.

«Non credo che dovresti prendere una decisione affrettata al riguardo», continuò Eve mettendogli una mano sul braccio libero.

Voleva toglierle la mano dal braccio, ma con l'altra mano teneva la scatola.

«Non è una decisione affrettata», disse a denti stretti.

Eve si avvicinò, appoggiandosi a lui. «Provo ancora qualcosa per te, Daniel».

Daniel si irrigidì.

«Se hai paura di rimanere solo lasciandola, non temere. Sono qui se hai bisogno di me. Una volta stavamo bene insieme. Potrebbe essere di nuovo così».

Prima che potesse dirle che non sarebbe mai successo, un'ombra entrò nella sua visione periferica.

«Daniel?».

Daniel scosse la testa di lato. Sabrina si era fermata a pochi metri da loro. I suoi occhi si posarono su Eve e poi sulla mano di Eve, che era ancora appoggiata sul suo avambraccio. Quando Sabrina alzò gli occhi per incontrare i suoi, si rese conto di come doveva apparire la situazione per lei.

«Sabrina».

«Dobbiamo parlare», fu l'unica risposta di Sabrina.

13

Sabrina seguì Daniel fino alla sua auto e salì senza dire una parola. Guardò dal finestrino del lato passeggero mentre lui guidava verso nord, con le braccia incrociate sul petto.

Come un avvoltoio, Eve McCall era già piombata su di lui e stava cercando di portarle via Daniel. Dal modo in cui Eve aveva lanciato un'occhiata a Sabrina era chiaro che sapeva dell'articolo e che lo considerava la sua occasione per far cambiare idea a Daniel sul matrimonio. Ne aveva davvero parlato a Daniel? Daniel lo sapeva o ne era ancora all'oscuro? Non riusciva a capirlo dalla sua reazione.

«Non sapevo che Eve sarebbe stata lì. È arrivata mentre aspettavo», disse molto tempo dopo che si erano lasciati alle spalle East Hampton.

«Non voglio parlare di Eve. Voglio parlare di noi. In privato».

Notò Daniel annuire e accostare in una strada secondaria fuori città. La strada sterrata che si staccava dalla Old Montauk Highway conduceva a una spiaggia isolata incorniciata da dune. Daniel fermò l'auto e spense il motore.

Senza aspettare che lui dicesse nulla, aprì la portiera dell'auto e scese. Aveva bisogno di aria fresca. Daniel la seguì mentre camminava verso la spiaggia e fissava l'oceano.

Sentì Daniel sospirare dietro di lei. «Cosa c'è che non va, Sabrina?».

«Tutto. Il *New York Times* ha pubblicato un articolo su di noi, sostenendo che sono una prostituta d'alto bordo». Un singhiozzo le strappò il petto. Come avrebbe preso la notizia?

Daniel le prese il gomito e la girò di fronte a sé. «Mi dispiace. Non volevo che lo scoprissi. Sapevo che ti avrebbe turbato».

«Sapevi dell'articolo? Quando? Quando l'hai scoperto? Te l'ha detto Eve quando è venuta da te poco fa?».

Quando lui abbassò le palpebre, lei capì la verità. La delusione la attraversò.

«Lo sapevo prima di oggi. Ho letto l'articolo il giorno stesso in cui è stato pubblicato».

Sabrina liberò il gomito dalla sua presa. «Perché? Perché me lo hai nascosto?». Voltò il viso dall'altra parte. «Negli ultimi giorni la gente in città mi ha guardato in modo strano. Non riuscivo a capire perché. Ora lo so: hanno letto l'articolo. Pensano che io sia una prostituta che cerca lo scapolo d'oro e che ti abbia ingannato per farmi sposare!». Fece una pausa per prendere un respiro profondo. Non servì a calmarla.

«Mi dispiace, tesoro. Da quando ho letto l'articolo, ho cercato di convincerli a ritrattare e a presentare delle scuse. Speravo di poter far sparire tutto e che tu non dovessi più occupartene».

Lei scosse la testa. «Daniel, oggi mi hanno licenziato!».

Daniel la fissò, sbalordito.

«L'azienda mi ha licenziato a causa di quell'articolo. Tutti pensano che io sia una puttana!».

Daniel le afferrò i bicipiti. «Non dire quella parola! Non lo sei! Si sbagliano. Si sbagliano tutti».

«Non capisci? Non importa quale sia la verità! Perché tutti credono alle bugie contenute in quell'articolo. Non posso farlo sparire». Lei cercò di liberarsi dalla sua presa, ma lui non glielo permise.

«*Io* lo farò sparire. È una mia responsabilità, perché sono io il responsabile».

Lei gli rivolse uno sguardo incuriosito. «Cosa vuol dire che ne sei responsabile?».

Daniel le lasciò un braccio e si passò una mano tra i capelli scuri. «È per via di Audrey».

Il cuore di Sabrina si fermò solo per ripartire al doppio della velocità un attimo dopo. Non avevano risolto i loro problemi con Audrey diversi mesi fa?

Daniel sospirò. «È riuscita a mettere le mani su una copia dell'estratto conto della mia carta di credito e ha visto l'addebito per il servizio di escort. Ha inventato una storia e il giornale le ha creduto. Io devo solo screditarla».

«Aspetta! Come ha fatto ad avere l'estratto conto della tua carta di credito?».

Daniel chiuse gli occhi per un attimo. «Frances, la mia assistente. Ho scoperto che ha sempre fatto la spia per Audrey. È così che ha sempre saputo cosa stavo facendo. Ho licenziato Frances immediatamente quando l'ho scoperto».

Sabrina si premette una mano sul petto. «Oh mio Dio! Fin dove si spingerà? Come potremo mai risolvere questa situazione?». Ricacciò indietro le lacrime che minacciavano di sommergerla e di privarla della capacità di pensare con chiarezza.

Daniel le sollevò il mento con le dita. «Me ne sto già occupando. Sto cercando un modo per screditare la sua storia. Ti prego di fidarti di me».

«Cosa stai cercando di fare?».

«Lascia che me ne occupi io. Hai già abbastanza da fare con i preparativi per il matrimonio».

Sabrina lo guardò e prese qualche respiro prima di continuare: «Daniel, non possiamo andare avanti così».

Il suo volto impallidì. «Così come?».

«Non puoi nascondermi continuamente cose come questa, Daniel. Se questo matrimonio ha qualche possibilità di funzionare, dobbiamo essere onesti l'uno con l'altro, a prescindere da tutto».

Daniel emise un respiro affannoso come se si fosse aspettato una bomba e invece fosse stato colpito solo da un sassolino.

«Hai ragione. Mi dispiace. Farò meglio in futuro. Non ti nasconderò più nulla. Te lo prometto». Abbassò la testa e le sue labbra si posarono improvvisamente sulle sue. «Mi perdoni? Per favore?».

Era impossibile rifiutare la sua richiesta. Con un sospiro si avvicinò verso di lui, sfiorando le sue labbra e offrendogli il bacio che cercava. Quando le loro bocche si fusero, sentì le sue braccia circondarla, avvolgerla e proteggerla.

Daniel la sollevò tra le braccia e poi si abbassò sulle ginocchia, facendole appoggiare la schiena sulla morbida sabbia. La mano di Daniel percorse la lunghezza del suo corpo fino a raggiungere l'orlo della camicia, che sollevò quel tanto che bastava per farvi scivolare la mano sotto. Il suo palmo era caldo sul suo stomaco e la infiammava con un solo tocco.

Staccò la bocca dalla sua. «Pensi che sia pazzo perché voglio fare l'amore con te in questo momento?».

«Sì», rispose Sabrina senza fiato mentre Daniel le passava le labbra lungo la mascella e il collo. «Ma allora siamo entrambi pazzi».

Le baciò la gola, prima di spingerle la maglietta sul petto e tirargliela sopra la testa. «Sei così bella, Sabrina», le disse, guardandola dall'alto in basso, con gli occhi che bruciavano di lussuria.

Daniel si chinò, passò la lingua sulle sue labbra e poi si tuffò di nuovo nella sua bocca, baciandola intensamente e profondamente.

Daniel la coprì con il suo corpo. «Non vedo l'ora di farti diventare mia moglie».

Le sganciò il reggiseno ed espose i suoi seni. Una calda brezza pomeridiana le fece irrigidire i capezzoli.

Le mani di lei erano già impegnate a togliergli la polo, mentre i suoi occhi lanciavano sguardi a entrambi i lati, per assicurarsi che fossero davvero soli. Per quanto i suoi occhi potessero vedere, c'erano solo dune e sabbia e oltre, le onde dell'oceano si infrangevano sulla riva. Quel rumore faceva da sfondo al loro incontro intimo, inghiottendo i sospiri e i gemiti sommessi mentre si strappavano i vestiti dal corpo a vicenda.

Daniel la sollevò sul letto improvvisato che aveva costruito con i loro vestiti e si abbassò su di lei, allargandole le cosce per poter scivolare tra di esse.

Il suo cazzo era duro e pesante, di colore quasi viola e curvo verso l'alto. Sabrina lo raggiunse, facendo scorrere le dita sulla punta morbida come il velluto e sentendolo sussultare sotto il suo tocco delicato. Allo stesso tempo notò che Daniel stringeva la mascella come se stesse lottando contro un nemico invisibile. Il fatto che potesse ancora fargli questo, che potesse ancora portarlo al limite del suo controllo, la faceva sentire potente.

«Voglio sentirti ora», mormorò lei contro le sue labbra. «Prendimi».

La testa del suo cazzo fece breccia nel suo sesso un attimo dopo, facendola sibilare in un rapido respiro, mentre il suo canale umido si allargava per accoglierlo. Lui scivolò dentro di lei con un'unica mossa, posizionandosi in profondità e sbattendo con forza il bacino contro di lei. Lei strinse istintivamente le gambe intorno alla sua schiena, non volendo lasciarlo scappare. Ma lui si tirò indietro, scivolando fuori da lei quasi fino in fondo, prima di spingerla di nuovo dentro con ancora più forza.

«Cazzo, piccola! Non spaventarmi mai più in questo modo!», esclamò.

«Spaventarti?».

Daniel diede diverse spinte forti e veloci, stringendo la mascella per tutto il tempo. «Sì, mi hai spaventato. Quando hai detto che non possiamo continuare così». Lui gemette, tirando indietro i fianchi. Il suo cazzo affondò di nuovo dentro di lei come per punirla. «Ho pensato che tu...».

Non era necessario che continuasse la frase. Poteva vedere i suoi pensieri nei suoi occhi.

«Ti amo», gli assicurò Sabrina.

«Anch'io ti amo», mormorò, prima di reclamare di nuovo le sue labbra e duellare con la sua lingua, spingendosi nella sua bocca con lo stesso ritmo con cui il suo cazzo si spingeva più in basso.

Sabrina si sentiva come se stesse galleggiando su un letto di batuffoli di cotone mentre Daniel la baciava, mentre le sue mani percorrevano il suo corpo, accarezzandola, e il suo bacino dondolava contro di lei, dando spinte su spinte, con movimenti sempre più frenetici ad ogni secondo.

I gemiti di lui furono portati via dalle onde dell'oceano che si infrangevano contro l'arenile e le rocce circostanti, così come i sospiri e i suoni di piacere di lei furono inghiottiti dalla brezza pomeridiana che li rinfrescava contro il caldo sole di metà pomeriggio.

Tutto il suo corpo iniziò a ronzare e a formicolare piacevolmente. La sua pelle si riscaldò e il suo cuore martellò contro la cassa toracica in un tatuaggio ritmico, come se volesse pronunciare in codice Morse i sentimenti che custodiva al suo interno.

Ad ogni spinta del cazzo di Daniel dentro di lei, sentiva il suo corpo tendersi, preparandosi all'inevitabile. Non aveva mai mancato di darle piacere, e non lo avrebbe fatto nemmeno adesso.

«Oh Dio, sì!», gridò quando la prima ondata dell'orgasmo la investì.

Poi sentì il cazzo di Daniel sussultare dentro di lei e un attimo dopo il suo sperma caldo la riempì, rendendo le sue spinte ancora più fluide.

«Cazzo!» urlò lui. Per qualche altro secondo si spinse avanti e indietro, finché alla fine si fermò, sorreggendosi sui gomiti e sulle ginocchia.

I respiri affannosi di Daniel le soffiavano contro la clavicola e lei poteva sentire il suo cuore battere contro il proprio petto. Per diversi minuti rimasero sdraiati, con il sole che li riscaldava e le onde dell'oceano che mascheravano il loro respiro pesante.

Dopo quella che sembrò un'eternità, Daniel sollevò finalmente la testa.

«Per quanto vorrei che rimanessimo qui per sempre, credo che dovremmo tornare a East Hampton, prendere la tua macchina e tornare a casa».

Sabrina aprì gli occhi solo con riluttanza, sbattendo le palpebre contro la luce del sole. «Dobbiamo proprio?».

Daniel le baciò la punta del naso. «Sì, dobbiamo».

14

Sabrina imboccò l'ampio vialetto della casa dei Sinclair e si fermò accanto a un taxi. Nello specchietto retrovisore vide Daniel che parcheggiava dietro di lei.

Saltò fuori dall'auto, quando vide una donna scendere dal taxi, mentre il tassista si avvicinava al bagagliaio per aprirlo.

«Merda!» sibilò sottovoce. Come aveva fatto a non ricordarsi dell'arrivo di sua madre? Non doveva arrivare domani?

Sabrina corse intorno all'auto, gettando le braccia intorno alla madre. «Mamma!».

«Sabrina!».

Quando Sabrina liberò la madre, il cipiglio sul suo volto non era ancora svanito. «Stavo aspettando alla stazione ferroviaria. Nessuno è venuto a prendermi».

«Mi dispiace tanto, mamma! Ma pensavo che saresti venuta domani».

Con la coda dell'occhio, vide che Daniel si avvicinava a loro, ma non le interruppe.

«Ho deciso di venire un giorno prima per non avere troppo jetlag. Ti ho mandato un messaggio. Ho pensato che fosse il modo più semplice per contattarti. Voi ragazzi mandate tutti messaggi, vero?».

«Mi dispiace tanto, non ho ricevuto il messaggio». Non che fosse una difesa adeguata quando si trattava di sua madre. Avrebbe lasciato che Sabrina sentisse il suo disappunto per un bel po' di tempo.

Sua madre sbuffò. «Beh, sono stata fortunata a trovare un taxi». Fece cenno al tassista, che sollevò la valigia dal bagagliaio e lo chiuse con un forte botto.

«Lascia che paghi io il taxi», si offrì velocemente Daniel e tirò fuori il portafoglio dalla tasca per pagare il tassista.

Sua madre lasciò che i suoi occhi si posassero su Daniel per la prima volta. Un sorriso di approvazione si diffuse sulle sue labbra. «Beh, almeno qualcuno qui sa come trattare la madre della sposa».

Sabrina roteò gli occhi. Sembrava che Daniel avesse appena superato Sabrina nella lista delle persone preferite da sua madre. Fortunatamente, a Sabrina non importava molto. Almeno così sua madre si sarebbe tranquillizzata.

Daniel si allontanò dal tassista, che a quanto pare aveva ricevuto una generosa mancia, e mise via il portafoglio.

«Signora Palmer, sono Daniel, piacere di conoscerla». Allungò la mano per salutare la madre di Sabrina.

«In realtà è Thorson. Ho ripreso il mio nome da nubile dopo il divorzio. Ma chiamami Ilene».

«Ilene, ci dispiace molto di non averti accolta al tuo arrivo. La ricezione dei telefoni cellulari può essere un po' difficile da queste parti».

Daniel lanciò a Sabrina uno sguardo cospiratorio. La ricezione dei cellulari era perfetta negli Hamptons. Sabrina ricambiò il sorriso. Daniel sapeva come parlare con le donne e sembrava che sua madre non avesse difese contro il suo fascino. Tale madre, tale figlia.

«Com'è andato il viaggio?» chiese Sabrina prendendo il suo bagaglio a mano, mentre Daniel prese la valigia grande, che sembrava contenere non solo il lavello della cucina ma anche una tonnellata di mattoni, se interpretò correttamente l'espressione facciale di Daniel.

«Il volo è andato bene. Ma onestamente è una seccatura arrivare fin qui dall'aeroporto. Il treno ci mette un'eternità e si ferma a ogni frazione».

«Per il volo di ritorno, ti accompagniamo noi al JFK», propose velocemente Daniel. «Mi dispiace che non siamo riusciti a organizzarci questa volta, ma ci sono state così tante cose da preparare negli ultimi giorni. Volevo solo assicurarmi che tutto fosse pronto per il matrimonio perfetto di tua figlia».

La madre di Sabrina ridacchiò, rivolgendo un sorriso malizioso al suo futuro genero. «Beh, se la metti così... Naturalmente voglio assicurarmi che tutto sia perfetto per la mia piccola Sabrina. Anche se questo significa che dovrò passare in secondo piano». Lanciò a Sabrina uno sguardo sofferente.

Sabrina si morse la lingua. Sua madre non si era mai messa in secondo piano di fronte a nessuno. E non avrebbe iniziato ora. «Grazie, mamma», disse invece.

«Bene, vediamo di sistemarti». Daniel indicò la porta d'ingresso.

Prima di raggiungerla, un'auto sportiva decappottabile rossa entrò nel vialetto, con la radio a tutto volume. Tutti si voltarono verso di essa. Sabrina riconobbe subito i capelli scuri di suo padre. A quanto pare li stava ancora tingendo, non riuscendo ad accettare di diventare grigio.

«Beh, guarda un po'», disse sua madre a bassa voce. «Sembra che tuo padre sia ancora in preda alla sua crisi di mezza età».

Anche se sua madre aveva ragione, Sabrina le mise una mano sull'avambraccio. «Per favore, sii gentile. Non voglio che scoppi una rissa al mio matrimonio».

Indignata, la madre la guardò. «Non dirlo a me! Dillo a lui! È lui che...».

«Per favore», interruppe Sabrina. «Solo per questa volta. Dopo il matrimonio potrete litigare quanto volete. Ti prometto che non interferirò». Sarebbe andata in luna di miele con Daniel e non si sarebbe preoccupata del resto del mondo, almeno per quelle due settimane.

Con un sorriso stampato in faccia, Sabrina posò a terra il bagaglio a mano e si diresse verso suo padre, che era sceso dall'auto. Lui la accolse a braccia aperte e la strinse in un abbraccio.

«Ehi, bambina mia! Ma guardati! Sei cresciuta adesso». Le diede un bacio sulla fronte. «Ora, dov'è l'uomo che ti sta rubando a me?».

«Credo che stia parlando di me, signore», disse la voce di Daniel alle sue spalle.

«Piacere di conoscerti, Daniel. Io sono George».

Mentre i due uomini si stringevano la mano, lo sguardo di suo padre passò oltre e si posò su sua madre.

«Vedo che tua madre è già arrivata». Fece un cenno nella sua direzione. «Ilene».

«George», rispose sua madre con la stessa voce gelida che aveva usato suo padre.

«Dov'è il tuo bagaglio, George?» chiese Daniel.

Suo padre si girò verso il bagagliaio dell'auto sportiva e lo aprì. «Ho solo una piccola borsa». Lanciò un'occhiata eloquente alla valigia enorme e al bagaglio a mano della sua ex moglie. «Viaggio sempre leggero».

Sollevò la borsa dal bagagliaio e lo chiuse. «Ma sai, se non hai spazio in casa per me, mi va bene stare in un bed and breakfast lungo la strada. Ne ho visti alcuni. Sono sicuro che troverò qualcosa».

«È fuori discussione, papà!» insistette Sabrina. «Inoltre, la casa ha sei camere da letto, quindi è perfetta. E renderà tutto molto più facile con gli spostamenti in auto».

Suo padre le sorrise. «In questo caso, non credo di poter rifiutare».

Daniel indicò la porta. «Perché non andiamo a cercare i miei genitori? So che non vedono l'ora di conoscervi». Sorrise incoraggiante alla madre di Sabrina e prese la sua valigia.

La porta d'ingresso non era chiusa a chiave, Daniel la aprì ed entrò, posando i bagagli nell'atrio.

«Mamma? Papà?» chiamò verso il retro della casa.

Sabrina entrò con sua madre e suo padre le seguì.

«Wow, che casa enorme», esclamò sua madre, guardandosi intorno stupita.

Sabrina era cresciuta nella classe media e la loro casa nel nord della California era molto bella, ma non poteva competere con lo splendore della casa dei Sinclair. La casa dei suoi genitori era una casa semplice; quella dei genitori di Daniel era una villa.

«Beh, sembra che tu ti stia sposando meglio di me», osservò sua madre lanciando un'occhiata all'ex marito.

Sabrina fu risparmiata dai commenti quando Raffaela e James

apparvero nel corridoio.

«Oh mio Dio!» disse Raffaela, agitata. «Non vi aspettavamo oggi. Mi dispiace tanto. Devo aver sbagliato le date». Si pulì le mani sul grembiule e si precipitò verso la madre di Sabrina. «Lei deve essere Ilene. La somiglianza tra lei e sua figlia è notevole. E se non lo sapessi, direi che siete sorelle!».

Sabrina trattenne una risatina quando scambiò un'occhiata cospiratoria con Daniel. Raffaela aveva un modo di lusingare le persone che scioglieva tutte le loro difese in un istante.

Mentre i rispettivi genitori si scambiavano i saluti, Daniel la prese da parte e le cinse la vita con un braccio.

«Va tutto bene fra noi ora?» le sussurrò all'orecchio.

Lei annuì, anche se aveva ancora dei dubbi. Tutti negli Hamptons sapevano dell'articolo e pensavano che fosse una squillo. Come avrebbe potuto nasconderlo ai suoi genitori? E mentre i genitori di Daniel sembravano aver accettato la sua spiegazione, i suoi genitori avrebbero potuto non essere altrettanto comprensivi.

Poteva solo sperare che gli sforzi di Daniel per convincere il giornale a ritrattare la storia e a presentare delle scuse dessero i loro frutti. E in fretta. Preferibilmente prima del matrimonio. Altrimenti non ci sarebbero stati ospiti.

Sabrina ora capiva perché Raffaela stava ricevendo tutte quelle disdette. Quegli ospiti avevano letto l'articolo e avevano deciso di non voler più essere associati alla famiglia Sinclair. E l'incidente nel negozio di lingerie da cui Paul l'aveva salvata? La proprietaria del negozio aveva voluto che se ne andasse non perché aveva strofinato la guancia contro la merce, ma perché non voleva una presunta squillo nel suo locale. Sabrina era stata emarginata dalla comunità che teneva in così alta considerazione la famiglia Sinclair.

Poteva davvero fare questo a loro? Andare avanti con il matrimonio quando questo significava trascinare la loro reputazione nel fango?

Sabrina sospirò e pregò silenziosamente che la storia venisse ritrattata rapidamente e che la sua reputazione venisse ripristinata, e con essa quella dei suoi futuri suoceri. Ma se ciò non fosse accaduto, avrebbe dovuto fare una scelta.

15

«Puoi farcela», la incoraggiò Holly.

Sabrina fece un respiro profondo e si costrinse a sorridere. Non era mai stata così nervosa in tutta la sua vita. «Stanno succedendo tante cose in questo momento. Forse non è il momento giusto per scoprirlo».

Holly scosse la testa e aprì la porta d'ingresso dell'edificio in mattoni, tenendola aperta per lei. «Non prendere tempo. Sono solo i nervi a parlare. Ora vieni, facciamolo insieme».

Spingendo le spalle all'indietro, Sabrina annuì. «Posso farcela».

Poi entrò e si diresse verso la reception, con Holly al suo fianco. «Sono Sabrina Palmer. Ho un appuntamento alle 10:30 con la dottoressa Chandra».

«Buongiorno, signorina Palmer. La sua tessera sanitaria, per favore».

Sabrina tirò fuori dalla borsa la tessera dell'assicurazione e la consegnò alla receptionist.

Dopo aver spuntato un nome dalla lista e aver fatto passare la tessera assicurativa nel suo sistema, la receptionist prese una cartellina, vi inserì due moduli e li porse a Sabrina insieme a una penna. «Compila questi e riportali quando hai finito».

«Grazie». Sabrina prese la cartellina e si diresse verso la sala d'attesa.

Sia lei che Holly si sedettero. Mentre Holly prendeva una rivista patinata con le celebrità in copertina, Sabrina compilò il questionario nel modo più accurato possibile. Poi lo riconsegnò alla receptionist e tornò a sedersi.

Holly chiuse la rivista e si avvicinò. «Allora, come la chiamerai?».

Sabrina si guardò intorno, osservando le altre donne presenti nella sala d'attesa, e si accorse che una di loro la stava guardando. Quella donna l'aveva riconosciuta dalla foto sul giornale? Aveva letto l'articolo? Sabrina sospirò. Come poteva pensare a dei bambini e a un futuro con Daniel in quel momento, in cui c'era così tanto caos nel suo mondo?

«Non sappiamo nemmeno se sono incinta», rispose sottovoce e tornò a guardare la sua amica. «Potrebbe essere un falso allarme. Succede sempre: ti manca il ciclo perché sei sotto stress. E se c'è qualcuno che è sotto stress in questo momento, quella sono io».

Holly mise una mano rassicurante sulla sua. «Tesoro, devi imparare a rilassarti. Forse dovresti portarti in una spa per un pomeriggio».

Sabrina alzò gli occhi al cielo. «Non ho tempo per rilassarmi. C'è ancora tanto da fare. E ora che i miei genitori sono qui, devo anche fare da arbitro. Inoltre, mia madre è ancora arrabbiata con me per aver dimenticato il giorno del suo arrivo». Scosse la testa.

Dopo aver consultato il cellulare, dovette ammettere di aver effettivamente ricevuto il messaggio di sua madre che la informava del suo arrivo. Sabrina doveva averlo semplicemente dimenticato. Poteva significare che era davvero incinta? Una volta aveva letto che la memoria a breve termine di una donna soffriva durante la gravidanza. E poi c'erano state le vertigini e al mattino si era sentita un po' male. Non l'avrebbe classificata come nausea mattutina, ma solo come agitazione di stomaco.

«Per come stanno le cose ora, non sono sicura di essere pronta a diventare madre».

Holly ridacchiò e scosse le sue ciocche bionde. «Andrai benissimo, e lo sai».

«In ogni caso, forse questo non è il momento migliore». I loro sguardi si incrociarono. «Lo sai».

Holly annuì.

Sabrina aveva parlato con Holly il giorno in cui aveva scoperto l'articolo, dopo che Daniel le aveva detto, tornando a casa dalla spiaggia, che sia Tim che Holly sapevano dell'articolo. Dopo aver scavato più a fondo, Daniel aveva anche confessato che i suoi genitori erano al corrente della situazione, ma che non aveva raccontato loro tutta la storia. Una volta ascoltata la versione asettica che Daniel aveva dato ai suoi genitori, Sabrina si sentì un po' meglio. Almeno i genitori di Daniel non erano inorriditi. Anzi, pensavano che il modo in cui Tim e Holly avevano organizzato il loro appuntamento al buio fosse carino, anche se poco ortodosso. Se solo avessero saputo la verità!

«Non preoccuparti, abbiamo tutto sotto controllo», le assicurò Holly, avvicinandosi. «Tim, Daniel e io stiamo lavorando su alcune cose. Dacci ancora uno o due giorni, faremo in modo che il giornale ritratti la storia e si scusi».

«Dimmi cosa stai facendo».

Holly scosse la testa, dando un'occhiata alla sala d'attesa, prima di tornare a guardare Sabrina. «Non posso. Per favore, devi fidarti di noi. Non voglio che ti agiti. Hai già abbastanza di cui preoccuparti in questo momento. Lascia fare a me e ai ragazzi. Ce ne occuperemo noi».

Sabrina non riuscì a trattenere il cipiglio sul suo volto. «Sarei meno stressata se sapessi cosa stai cercando di fare. Almeno avrei un po' di speranza che questo... questo problema sparisca. Ma il solo sapere che c'è Audrey dietro tutto questo mi fa venire voglia di vomitare».

Holly le accarezzò la mano. «È solo la nausea mattutina che parla. Non preoccuparti per Audrey. Avrà quello che si merita. Te lo garantisco».

«La tua parola all'orecchio di Dio!».

Quando la porta si aprì improvvisamente e portò con sé una fresca brezza dall'esterno, Sabrina girò la testa. Fu sorpresa di vedere un uomo entrare nella clinica di ginecologia, da solo. Se fosse stato un fattorino della FedEx o dell'UPS non sarebbe stato insolito, ma indossava un abbigliamento che faceva pensare che stesse per andare in barca.

Si avvicinò alla reception e consegnò alla receptionist una piccola borsa regalo, poi le parlò a bassa voce, troppo bassa perché Sabrina potesse cogliere le parole. Tuttavia, il rossore sul viso della receptionist suggeriva che stesse flirtando con lei. Quando squillò il telefono, la ragazza rispose con riluttanza e l'uomo si voltò.

Il cuore di Sabrina batteva forte. Riconobbe subito l'uomo. Era Jay Bohannon, uno degli amici di Daniel e uno dei membri del club degli scapoli degli Hamptons da cui Daniel sarebbe stato cacciato il giorno del matrimonio. Come gli altri amici di Daniel, pareva che fosse arrivato da New York qualche giorno prima del matrimonio.

Sabrina abbassò il viso e si girò verso Holly, sperando che Jay non la vedesse. Non voleva che lui dicesse a Daniel che l'aveva vista in una clinica di ginecologia, perché anche se fosse risultato che Sabrina era incinta, non voleva dirlo a Daniel prima della loro prima notte di nozze.

Holly fissò Jay, il che non fu una grande sorpresa: le piacevano gli uomini di bell'aspetto come a qualsiasi altra giovane donna viva e vegeta.

«Gnam», mormorò Holly sottovoce.

«Non guardare!» Sabrina sussurrò.

Holly girò la testa verso di lei. «Perché no?».

«Sabrina Palmer?». La receptionist chiamò improvvisamente il suo nome, prima che Sabrina potesse rispondere alla domanda dell'amica.

Sabrina si alzò di scatto dalla sedia, con le mani che spazzolavano nervosamente le pieghe del suo vestito estivo. Lo sguardo di Jay scattò verso di lei e la sua bocca si trasformò in un ampio sorriso.

«Sabrina!» la salutò, camminando verso di lei.

Sabrina si accorse che le altre donne la stavano fissando. Fantastico! Ora non solo tutti avrebbero saputo chi era e l'avrebbero collegata all'articolo del *New York Times*, ma avrebbero anche spettegolato sul suo incontro con un uomo affascinante in una clinica femminile. Cos'altro poteva andare storto?

«Ciao, Jay», disse esitante, tendendole la mano, ma Jay, invece di stringerle la mano, la strinse in un breve abbraccio. Beh, era del Sud e si erano già incontrati una volta a una festa di compleanno in città. Non poteva respingerlo senza fargli pensare che ci fosse qualcosa che non andava.

«Mi fa piacere vederti qui», disse con leggerezza, poi strizzò l'occhio. «Immagino che Daniel avrà il suo bel da fare molto presto».

«Ehm...». Sabrina lanciò un'occhiata all'assistente del medico che aspettava pazientemente davanti alla porta che conduceva alle sale d'esame.

Jay si chinò più vicino e le fece l'occhiolino. «Non preoccuparti, Daniel non lo saprà da me». Poi sorrise. «A patto che tu mi presenti la tua amica». Fece un cenno a Holly.

«Oh, Holly, questo è Jay Bohannon, uno degli amici di Daniel. Jay, la mia amica Holly Foster. Sarà la mia damigella d'onore».

«Splendido!». Jay si chinò a prendere la mano di Holly e la baciò.

«Miss Parker?» chiamò di nuovo l'assistente del medico.

«Scusatemi, per favore».

Con un ultimo sguardo a Holly, Sabrina seguì la ragazza e si diresse verso la sala esami che le aveva indicato.

16

Dalla porta del loro bagno privato, Sabrina osservò Daniel uscire dalla doccia e prendere l'asciugamano. Gocce d'acqua scorrevano sul suo petto glabro, attraversando le creste del suo addome scolpito e scomparendo nella scura peluria che proteggeva il suo sesso. Anche in stato di rilassamento, il suo cazzo era magnifico. Il suo ventre si strinse al pensiero di sentirlo dentro di lei. Ma questa volta la sensazione era diversa. Perché nel suo grembo stava crescendo il loro bambino. Con il loro amore avevano creato una nuova vita.

Quando il medico aveva confermato la gravidanza, all'inizio non sapeva cosa provare e come reagire. Ma con il passare dei giorni, aveva sentito la gioia per la notizia crescere fino a proporzioni monumentali. Tanto che avrebbe voluto gridarlo dai tetti. Ma non l'avrebbe fatto.

Quella era una notizia di cui fare tesoro. Non voleva che fosse macchiata dai problemi che l'articolo del giornale aveva causato. No, quella notizia meritava una piattaforma tutta sua. Voleva che fosse trattata come il regalo che era. Un regalo sia per lei che per Daniel. E c'era un momento speciale per condividere questo dono con Daniel: la loro prima notte di nozze. Avrebbe reso tutto perfetto.

«A cosa stai pensando?» chiese Daniel mentre avvolgeva l'asciugamano intorno alla sua parte inferiore, privandola della vista peccaminosa.

«Niente».

Si avvicinò a lei. «È per via dei tuoi genitori, vero?».

Lei scrollò le spalle, felice che lui avesse indovinato. «Sono quello che sono».

«Cosa è andato storto tra loro?».

Sabrina sorrise dolcemente. «Vuoi dire cosa è andato bene tra loro? Non molto. Credo che avessero idee diverse sul tipo di vita che volevano condurre. La mamma ha sempre voluto stare al passo con i Jones. E a papà non importava nulla, purché potesse uscire con i suoi amici il venerdì sera e guardare il calcio per tutto il weekend. La mamma voleva di più. Quando ero piccola era una donna molto affettuosa. Ma papà non lo era. Non era il tipo da coccole. Credo che la mamma desiderasse la vicinanza fisica. E lui non riusciva a dargliela. Non era molto dimostrativo nei confronti dei suoi sentimenti. Non fraintendermi, devono aver fatto sesso. Dopo tutto, hanno avuto me».

Daniel le passò le nocche sulla guancia. «È triste vedere come le cose possano andare male tra due persone che un tempo si amavano. Si amavano una volta, non è vero?».

«Lo spero, ma non ricordo di averlo mai visto o sentito. Tutto ciò che ricordo della mia infanzia sono i loro litigi, le loro frecciatine, le lacrime di mia madre e il silenzio di mio padre. Forse si amavano proprio all'inizio, prima di avere me. Ma credo che non fosse abbastanza. Non erano fatti l'uno per l'altra».

«Non come lo siamo noi». Daniel le stampò un tenero bacio sulle labbra.

Lei gli prese la mano, intrecciando le dita con le sue. «Sì, non come noi due. Tuttavia, a volte sono preoccupata. Anche i miei genitori devono aver pensato di essere fatti l'uno per l'altra quando si sono sposati. Quando erano innamorati».

«Non dovresti preoccuparti. Io e te abbiamo un legame speciale». Le prese la mano e la premette sul punto in cui il suo cuore batteva contro la cassa toracica. «Lo sento. Senza di te, non mi sento completo. Ho sempre pensato di non aver bisogno di nessuno. Ma è così. Ho bisogno di te. E gli ultimi giorni mi hanno dimostrato che quando qualcuno ti fa del male, fa male anche a me. Lo sento fisicamente».

Sabrina fece scivolare la mano che si trovava sul suo cuore più in alto, fino a raggiungere la nuca. Lo tirò più vicino a sé. «Non mi sono mai sentita amata come adesso».

«Deve essere perché ti amo più di quanto chiunque altro potrebbe mai fare. Sei tutto ciò che ho sempre sognato, Sabrina». Sospirò. «E se non dovessi andare a questo maledetto addio al celibato, te lo dimostrerei».

Lei sorrise, sfiorando le sue labbra. «Non dispiacerà a nessuno se sei in ritardo di qualche minuto». Lo baciò dolcemente, ma prima che lui potesse rispondere e approfondire il bacio, si tirò indietro.

Un gemito di disappunto gli uscì dalle labbra e le sue mani la raggiunsero, cercando di trascinarla indietro. Ma Sabrina aveva altre idee.

Si inginocchiò e strappò l'asciugamano intorno ai fianchi di Daniel, strappandoglielo di dosso e gettandolo a terra.

«Oh Dio! Piccola!», si lasciò sfuggire con un respiro affannoso quando sembrò rendersi conto di ciò che lei aveva in mente.

Lei accarezzò il suo cazzo e lo sentì sussultare. Notò che ogni secondo che passava diventava più grosso. Più sangue scorreva al suo interno.

Sabrina gli mise le mani sulle cosce e lo spinse contro il muro alle sue spalle. Daniel gemette e Sabrina non poté fare a meno di sorridere. Adorava quando lui perdeva il controllo. E Daniel stava per perdere il controllo.

La sua mano avvolse l'asta di lui, ormai completamente eretta, e vi avvicinò la bocca. La sua lingua serpeggiò e leccò la testa a fungo come se stesse leccando un cono gelato, anche se nessun gusto di gelato poteva essere delizioso come il sapore del corpo di Daniel appena lavato.

Sentire la carne dura mentre scendeva lentamente su di essa e lo prendeva in bocca era una sensazione che amava. La faceva sentire forte e potente nel mettere in ginocchio un uomo come Daniel. Rabbrividì quando le mani di lui le toccarono le spalle nude e le sfiorarono le spalline del top, facendolo scivolare fino alla vita. L'aria fresca le soffiava sui seni nudi, aumentando le sensazioni erotiche che le attraversavano il corpo mentre succhiava con desiderio l'asta di Daniel.

I suoi fianchi dondolarono contro di lei, all'inizio delicatamente, ma ad ogni spinta i suoi movimenti diventavano più marcati. Lei lo prese più a fondo, mentre passava la lingua lungo la parte inferiore della sua carne eccitata.

«Cazzo, piccola!», esclamò Daniel, con una voce quasi irriconoscibile.

Sabrina portò una mano alle sue palle, avvolgendole. I suoi fianchi sussultarono al tocco e un respiro affannoso gli uscì dalla bocca, riecheggiando contro le pareti piastrellate del bagno. Giocò delicatamente con le pietre preziose e sentì la sacca contrarsi sotto il suo tocco, tirandosi su verso la sua asta incredibilmente dura, che afferrò alla base per aggiungere più pressione ai suoi movimenti di suzione.

Lo sentiva teso sotto le sue attenzioni. Poi, con le unghie, gli sfregò delicatamente lo scroto. Il suo cazzo sussultò nella sua bocca.

«Sto venendo! Cazzo, sto venendo!», gemette e la spinse indietro.

Il suo cazzo scivolò fuori dalla bocca di Sabrina proprio mentre lo sperma schizzava dalla sua punta, piovendo sulla mano di lei e sul suo stomaco.

I respiri irregolari riempivano il silenzio della stanza mentre Sabrina continuava ad accarezzare teneramente il suo cazzo e le sue palle.

Quando alzò lo sguardo verso di lui, incontrò i suoi occhi scuri e notò lo sguardo tempestoso in essi.

«Se non dovessi andare a questo maledetto addio al celibato, ti piegherei sulla poltrona più vicina e ti scoperei finché nessuno dei due riuscirà a muovere un arto».

«Sembra molto sconcio».

Respirò pesantemente. «Sì, perché è quello che ti meriti per avermi sedotto in questo modo. E sai quanto mi piace dare punizioni, vero?».

Una scarica di adrenalina la attraversò, alimentando ancora una volta le fiamme dentro di lei. «Non quanto piace a me riceverle».

17

«La riunione straordinaria del Club degli Scapoli degli Hamptons è ora in corso», annunciò Zach Ivers.

Tutti erano riuniti nella *caverna* di Zach al primo piano della sua casa per i weekend a Bridgehampton, a diversi chilometri a sud di East Hampton. La sua residenza principale era un attico chic a Manhattan, ma in estate e nei fine settimana Zach amava ritirarsi in quella quasi modesta casa con tre camere da letto a Long Island. Daniel capiva il perché: la casa era proprio sulla spiaggia e aveva una vista magnifica sull'oceano. La casa e i suoi dintorni emanavano tranquillità. Anche ora, al buio, c'era qualcosa di pacifico in quel posto.

«Non è esattamente come avevo immaginato il mio addio al celibato», disse Daniel, guardando i volti degli altri sette membri del club: Zach, che presiedeva la riunione, Paul Gilbert, Jay Bohannon, Michael Clarkson, che era il tesoriere, Xavier Eamon, Hunter Hamilton e Wade Williams, tutti alti, mori e belli a loro volta. Avevano frequentato tutti insieme Princeton, dove avevano formato il club dopo una notte di grandi bevute.

Hunter sorrise. «Conosci le regole».

Wade colpì Hunter al fianco. «Non credo che a Daniel importi molto delle regole».

«Ragazzi, siate gentili!» li rimproverò Tim.

«Tim, non hai voce in capitolo, visto che non sei un membro del club. Ti lasciamo restare alla riunione per cortesia», protestò Michael.

Tim appoggiò le mani sui fianchi. «Il che è assolutamente scandaloso. Dovrei essere un membro. Sono uno scapolo, proprio come tutti voi. Il fatto che io sia gay non dovrebbe avere alcuna rilevanza».

Xavier e Wade si scambiarono un'occhiata, poi Xavier disse: «Sì, ma non volevamo che qualcuno nel club avesse un vantaggio sleale rispetto a tutti noi».

«Vantaggio sleale, stronzate!». Tim scosse la testa. «Secondo la legge della California posso sposarmi come tutti voi».

«Questo è vero. Ma non era così quando il club è stato fondato», interviene Zach. «Quindi, mi dispiace, Tim, ma non puoi iscriverti ora».

«Non sarebbe giusto», ha aggiunto Michael. «Dopotutto, tutti noi abbiamo contribuito alle casse del club per anni e non sarebbe giusto che tu ti unissi a noi senza un contributo».

Tim alzò gli occhi al cielo. «Di quanto stiamo parlando allora?».

Michael lanciò un'occhiata a Zach che annuì. «Beh, tanto vale andare avanti con il rapporto del tesoriere». Abbassò lo sguardo sui suoi appunti. «Lo scorso trimestre abbiamo chiuso con 3,72 milioni di dollari».

Tim fischiò tra i denti. «Non sono proprio spiccioli».

Michael sorrise. «Già, e dopo il matrimonio di Daniel, che si terrà tra pochi giorni, rimarranno solo sette scapoli che potranno vincere i soldi».

«Fate pure, ragazzi», rispose Daniel. «Nemmeno tutti i soldi del mondo mi farebbero cambiare idea sul matrimonio con Sabrina».

Zach si schiarì la gola. «Beh, visto che siamo in argomento». Lanciò un'occhiata agli altri uomini in salotto. «Io e i ragazzi abbiamo parlato mentre aspettavamo te e Tim».

Daniel si irrigidì. Volevano forse convincerlo a non sposare Sabrina perché credevano alla storia del *New York Times*?

Zach fece un movimento calmante con la mano. «Prima che tu dica qualcosa, Daniel, lasciami parlare a nome del club».

Daniel si appoggiò alla poltrona.

«Abbiamo tutti visto l'articolo. Ti conosciamo da molto tempo e sappiamo che tipo di uomo sei. Quello che sostiene questa giornalista è chiaramente una menzogna. Siamo al fianco tuo e di Sabrina. Quindi, se c'è qualcosa che possiamo fare per aiutarti a rettificare la situazione, lo faremo. Puoi contare su di noi».

Daniel lasciò andare il respiro che aveva trattenuto. «Ragazzi. Non so cosa dire». Li guardò mentre tutti annuivano, sottolineando le parole di Zach. «Lo fareste davvero?».

Wade ridacchiò e si intromise. «Solo per assicurarmi che tu stia davvero lasciando il club, ovviamente, ma chi se ne frega delle nostre motivazioni?».

Jay e Xavier risero alle parole di Wade.

«Ovviamente Wade ha un disperato bisogno di fondi, il che significa che farà di tutto per eliminare i membri di questo club», spiegò Xavier.

Daniel non poté fare a meno di unirsi alle risate. La loro sincera offerta di aiuto gli aveva toccato il cuore, ma non poteva accettare la loro proposta. Avrebbe dovuto dire loro la verità e lui non aveva il diritto di esporre Sabrina in quel modo, né Holly, se era per questo.

«Qualsiasi cosa per te e per la bella Sabrina», disse Paul. «Come sta?».

Daniel annuì a Paul. «Sta bene, date le circostanze». Poi guardò gli altri. «Grazie ragazzi, ma io e Tim abbiamo tutto sotto controllo. Sono sicuro che il giornale ritratterà la storia a breve e si scuserà. Hanno solo prove inventate che hanno interpretato in modo completamente sbagliato. È solo questione di tempo prima che noi le smontiamo e dimostriamo che si sbagliano».

Nonostante le sue parole decise, Daniel non si sentiva così sicuro come aveva lasciato intendere. Ogni giorno che passava, sembrava sempre più improbabile che potessero convincere il giornale a ritrattare la storia.

Aveva sentito Elliott, il suo avvocato, che gli aveva riferito che, pur avendo parlato con i legali del *New York Times* e minacciato di fare causa, quelli erano rimasti fermi e si erano attenuti alle loro posizioni.

E sebbene Tim avesse assunto un investigatore privato per scavare nella vita di Audrey e portare alla luce eventuali scheletri nell'armadio con cui fare pressione per farle ritrattare le accuse, era troppo presto per aspettarsi dei risultati. Rimaneva solo Holly, che stava ancora cercando di capire come rendere plausibile un caso di scambio di persona.

«Beh, in questo caso, andiamo avanti con gli affari», disse Zach. «Abbiamo preparato i documenti per le tue dimissioni che diventeranno effettive il giorno del tuo matrimonio. Sei disposto a dimetterti dal club?».

Daniel annuì. «Sì».

Zach gli porse una penna. «Allora firma qui e lo registreremo nei verbali del club».

Daniel si alzò e si avvicinò a lui. Prese la penna e firmò il suo nome sul foglio di carta.

«Devo dire, Daniel, che non ho mai visto un uomo che ha firmato per quasi quattro milioni di dollari farlo con un sorriso così felice sul volto».

Daniel ridacchiò. «Quando troverai la donna giusta, farai lo stesso».

«Non mi arrenderò così facilmente», rispose Zach. «Sai quanto amo le sfide».

Dietro di lui, gli altri ridevano.

«È ora di dare inizio alla festa», annunciò Hunter. «Allora, quando arriva la spogliarellista?».

Daniel si girò verso Hunter, con il fastidio che gli si formava nelle viscere. «Mi stai prendendo in giro. Ho detto niente spogliarelliste».

Hunter affiancò Wade. «Te l'ho detto che è completamente fuori di testa. La migliore spogliarellista del mondo non lo farà felice. Quindi, amico mio, hai perso la scommessa». Tese il palmo della mano a Wade. «Sono cento dollari, per favore».

«Non così in fretta!» Wade protestò. «Aspettiamo che la spogliarellista sia qui».

«Ho disdetto», confessò Hunter.

Wade sorrise. «Lo so. Per questo ne ho prenotato un'altra».

Daniel roteò gli occhi. Sembrava che non ci fosse modo di evitare lo spogliarello obbligatorio al suo addio al celibato. Beh, poteva almeno lasciare che i suoi amici si divertissero un po'.

Scambiò un'occhiata con Tim, che alzò le spalle e disse: «Sarà noioso per te come lo è per me. Potremmo anche ubriacarci».

Daniel rise. «Potresti sempre chiamare uno spogliarellista maschio».

«E far sì che i ragazzi mi buttino fuori a calci nel sedere? Non esiste, non mi perderò il tuo addio al celibato, per quanto poco mi interessi una spogliarellista».

«In questo caso, portaci da bere!».

18

«Non c'era bisogno di scomodarsi tanto per noi, Raffaela», disse la madre di Sabrina guardando la bella tavola imbandita. «Avremmo potuto tranquillamente andare a cena fuori da qualche parte».

Raffaela le sorrise e le mise una mano sul braccio. «È un piacere, Ilene. Adoro cucinare per una grande folla».

Sebbene Sabrina sapesse che era vero, sapeva anche che Raffaela aveva insistito per questa cena a casa per evitare che i genitori di Sabrina incontrassero qualcuno in paese che potesse parlare dell'articolo del *New York Times*. Più tempo suo padre e sua madre trascorrevano a casa Sinclair, meno era probabile che si imbattessero nella notizia.

«Beh, è una novità: una donna a cui piace cucinare», aggiunse il padre, lanciando all'ex moglie un'occhiata tagliente.

Il fatto che sua madre non fosse un'appassionata di cucina era sempre stato un pomo della discordia tra i suoi genitori.

«Beh, il fatto che ti piacciano solo hamburger e bistecche non ha aiutato. Cosa c'è di interessante nel cucinare quelle cose?». replicò la madre di Sabrina.

Prima che suo padre potesse rispondere, James lo interruppe:

«George, perché non ti siedi alla mia destra? Così avremo la possibilità di parlare un po' di più durante la cena. Sono ansioso di parlarti dell'uscita in barca».

Sabrina lanciò un'occhiata di ringraziamento al suo futuro suocero. Lui le fece l'occhiolino e prese posto a capotavola.

Suo padre si sedette accanto a lui. Sapendo che sua madre non voleva stare vicino a lui né guardarlo direttamente, fece cenno a una sedia all'altro capo del tavolo, di fronte al padre di Daniel.

«Mamma, perché non ti siedi qui?».

Sabrina si scambiò una rapida occhiata con Holly, che si sedette accanto al padre di Sabrina per creare un cuscinetto adeguato, mentre Sabrina e Raffaela si sedettero di fronte a loro.

Poiché Daniel e Tim erano partiti per l'addio al celibato, le sedie erano state distanziate tra loro e le due sedie di riserva erano state rimosse per non dare l'impressione che mancasse qualcuno.

«Spero che a tutti voi piaccia il vitello», annunciò Raffaela.

«Mmm!» esclamò il marito, poi fece cenno al padre di Sabrina. «La piccata di vitello di mia moglie è da urlo. Assicurati di riempire velocemente il tuo piatto, o non ne rimarrà nulla».

Raffaela arrossì davvero per il complimento del marito. «Ah, James, solo perché piace a te, non significa che piaccia a tutti gli altri». Lanciò un'occhiata agli altri commensali. «Se non vi piace il vitello o preferite qualcosa di vegetariano, ho preparato anche la parmigiana di melanzane». Indicò una casseruola al centro del tavolo.

Il padre di Sabrina infilò la forchetta in un pezzo di vitello e lo sollevò nel piatto. «Il vitello va bene per me. Non mangio solo hamburger e bistecche». Sorrise a Raffaela, ma a Sabrina non era sfuggita la frecciatina rivolta a sua madre.

«Bene, servitevi pure!» Raffaela incoraggiò tutti.

Il tintinnio di piatti e posate rimbalzò nella stanza, mentre tutti riempivano i loro piatti di carne, verdure e altri contorni. Sabrina guardò Raffaela, che sedeva accanto a lei, e voleva scusarsi per il comportamento dei suoi genitori, ma non osava dire nulla davanti a loro. La sua futura suocera sembrò leggere nel suo sguardo quello che voleva dire e sorrise. «Non preoccuparti, Sabrina. Va tutto bene», sussurrò.

«Abbiamo una barca al molo», disse James, guardando il padre di Sabrina. «Forse tu e Ilene volete uscire in acqua domani. Credo di avere un paio d'ore, vero tesoro?». Sorrise a sua moglie.

«Se pensi che tutto il lavoro con la tenda sia finito, allora sono sicuro che hai tempo, *caro*. Penso che sarebbe un ottimo modo per mostrare ai nostri ospiti i dintorni».

Sabrina notò come suo padre lanciasse uno sguardo all'altro capo del tavolo, come se cercasse di capire quale fosse la reazione della sua ex moglie. La madre di Sabrina sembrava entusiasta.

«Sarebbe meraviglioso!», disse. «Mi sono sempre piaciute le barche. Ovviamente non potremo mai permetterci una nostra barca». Lanciò uno sguardo di disapprovazione in direzione del padre di Sabrina. «Anche se avevamo la baia di San Francisco proprio davanti alla porta di casa».

Suo padre grugnì e si infilò un pezzo di carne in bocca.

«Eccellente!» esclamò James. «E tu, George, vuoi unirti a noi per un'ora o due di navigazione su e giù per la costa?».

«Non credo. Non mi piacciono i giocattoli di lusso dei ricchi».

Sabrina sussultò e lasciò cadere la forchetta nel piatto. «Papà!».

«Cosa? Adesso mi trovi troppo ordinario per i tuoi nuovi amici?». Fece un cenno alla stanza riccamente decorata che lo circondava, agli eleganti quadri alle pareti e ai costosi vasi nelle vetrine. «Ti vergogni del fatto che non sono ricco come il tuo fidanzato e la sua famiglia?».

«Papà, non farlo!». Sentì le lacrime salire e le spinse giù.

«Non fare cosa? Dire la verità?». Sbuffò e fece cenno alla sua ex moglie. «Tua madre è finalmente riuscita a trasformarti in un'immagine speculare di se stessa?».

«Non è vero!» disse Sabrina, alzando la voce.

«Non è vero? Ma guardati! Sei tutta agghindata, indossi abiti costosi come quelli che tua madre avrebbe sempre voluto avere ma non poteva permettersi».

Sua madre si alzò di scatto e gettò il tovagliolo sul tavolo. «Chiudi il becco, George! Basta così! Non c'è niente di male in quello che Sabrina indossa o in quello che vuole. Né il fatto che stia per sposare qualcuno di una famiglia ricca. Il fatto che tu non abbia mai avuto successo non significa che tu possa trascinare tua figlia con te!».

Suo padre spinse indietro la sedia e si alzò bruscamente. «Sai una cosa, Ilene? Il motivo per cui non sono mai riuscito a fare qualcosa è che tu mi stavi appesa al collo come una pesante catena che mi trascinava a fondo. Quindi non criticarmi! Hai perso questo diritto quando hai divorziato da me!». Poi guardò Raffaela. «Grazie per il cibo. Era eccellente».

Senza un'altra parola si girò e lasciò la stanza.

Sabrina non riuscì più a reprimere le lacrime e le sentì scorrere sulle guance in fiamme. «Mi dispiace tanto». Come aveva potuto suo padre metterla così in imbarazzo davanti ai suoi futuri suoceri? Come aveva potuto essere così crudele?

All'improvviso, sentì il braccio rassicurante di Raffaela intorno alle sue spalle. «Non è colpa tua, *cara*».

Un attimo dopo, sua madre le strinse la mano. «Tesoro, non fare caso a lui. Almeno tu stai creando una coppia molto migliore della mia, e nemmeno tuo padre può portarti via questo».

19

«Daniel non si è ancora alzato?» chiese Raffaela e aprì il frigorifero per cercare qualcosa.

Il padre di Sabrina era seduto al tavolo della colazione, sfogliando il giornale, e la madre si stava versando una seconda tazza di caffè, ma non stava mangiando nulla, il che probabilmente significava che, qualsiasi vestito avesse scelto per il matrimonio, doveva perdere un altro chilo prima che le stesse bene.

Sabrina sorrise alla sua futura suocera. «Sembra che sia lui che Tim abbiano bevuto troppo ieri sera. Nessuno era abbastanza sobrio per guidare. Sono ancora a casa di Zach».

Raffaela scosse la testa. «Oh, cielo! Sei arrabbiata per questo?».

«Nessun problema. Sarei stata molto arrabbiata, però, se uno dei due fosse stato alla guida ieri sera».

«Beh, ti avverto, Sabrina, e parlo per esperienza personale», intervenne sua madre dal tavolo della colazione. «Una sbornia qui, un'uscita con gli amici là, e improvvisamente tuo marito non è mai a casa». La donna lanciò un'occhiata tagliente al suo ex marito.

Lui emise un grugnito, poi un commento sommesso. «Per alcune donne non vale la pena che un uomo stia a casa».

Sabrina scambiò un'occhiata con Raffaela, che le rivolse uno sguardo incoraggiante e accarezzò il braccio di Sabrina. Forse far alloggiare entrambi i suoi genitori a casa Sinclair non era stata l'idea migliore, dopotutto. Avrebbe dovuto dire loro di alloggiare in un Bed and Breakfast.

La madre di Sabrina sbuffò. «Oh, continua pure a leggere il tuo giornale obsoleto e resta fuori dalla conversazione come fai sempre».

Suo padre abbassò il giornale e lanciò un'occhiata alla sua ex moglie. «Almeno un giornale datato non mi risponderà».

«Stai leggendo un vecchio giornale? Pensavo di averli buttati tutti». Chiese Raffaela.

Il padre di Sabrina scrollò le spalle. «L'ho trovato sotto il cuscino della sedia». Con uno sguardo laterale alla sua ex moglie aggiunse: «Leggere qualsiasi cosa è meglio che dover parlare con certe persone».

Sabrina sentì le lacrime salirle di nuovo agli occhi. Sapeva che la gravidanza la stava portando a essere così emotiva per le cose più piccole. Ma il fatto che i suoi genitori si provocassero a vicenda non l'aiutava di certo. Raffaela la guardò, con la pietà che le brillava negli occhi. «Ancora pochi giorni», sussurrò a Sabrina perché la sentisse solo lei. Un po' più forte, si rivolse al padre di Sabrina. «Mi dispiace tanto. Credo di aver dimenticato di portare il giornale di oggi. È meglio che lo prenda ora. Anche James vorrà leggerlo quando scenderà».

Raffaela uscì dalla cucina e Sabrina sentì i suoi tacchi battere sulle assi di legno mentre si dirigeva verso l'ingresso. Una volta che Raffaela fu fuori dal campo visivo, si diresse verso il tavolo della colazione.

«Dovreste vergognarvi entrambi di comportarvi in questo modo!», disse cercando di evitare che la sua voce diventasse stridula.

Sua madre sollevò le sopracciglia. «Non sono io che ho iniziato, cara».

Sabrina alzò il viso verso il soffitto. «Perché mi preoccupo?». Poi girò sui tacchi e tornò verso il bancone della cucina, quando vide entrare Holly.

«Buongiorno!» Holly salutò tutti allegramente, poi raggiunse immediatamente Sabrina quando i loro sguardi si incontrarono.

Holly le mise una mano sulla spalla e si avvicinò. «Che succede?».

Sabrina indicò il tavolo della colazione. «Continuano a prendersi a colpi di frecciatine. È come se avessi di nuovo quattordici anni e loro fossero nel bel mezzo del divorzio».

Holly accarezzò la spalla di Sabrina nel tentativo di confortarla. «Mi dispiace, tesoro. Cerca di non pensarci».

Sabrina singhiozzò.

«Ma che diavolo?!», sbottò suo padre all'improvviso.

Chiedendosi cosa stessero facendo lui e sua madre, Sabrina si girò di scatto, ma suo padre non stava guardando la sua ex moglie. Si era alzato e stava fissando Sabrina con il dito puntato sul giornale.

«Che cos'è? Uno scherzo?». Il suo dito si era soffermato su un punto del giornale.

Sabrina rabbrividì internamente. No! Non poteva essere vero. Non poteva essere il giornale di quel giorno...

«Cosa stai dicendo, George?» chiese sua madre, con voce tagliente.

«Questo!». Le spinse il giornale davanti, indicando un punto.

Le gambe di Sabrina la portarono più vicino. A ogni passo, il nodo allo stomaco si stringeva come un cappio al collo.

Quando raggiunse il tavolo, sua madre sollevò la testa dal giornale e la guardò. Sabrina non ebbe bisogno di guardare quello che stava leggendo; lo capì dall'espressione confusa del viso di sua madre.

«Sicuramente è un errore», disse sua madre, guardandola con occhi imploranti.

Sabrina sentì Holly accorrere al suo fianco e fu felice di sapere che non era sola, anche se non aveva idea di come spiegare la situazione ai suoi genitori.

«È tutta una bugia», riuscì a dire, con la voce secca come carta vetrata. Indicò l'articolo. «Uno dei nemici di Daniel sta cercando di creare problemi».

Suo padre scosse la testa. «Problemi? Direi che sono guai!». Le sue guance iniziarono a diventare rosse.

«Allora non è vero quello che si dice qui su te e Daniel, che sei la sua... ehm... accompagnatrice?» chiese sua madre, con la voce che sembrava voler credere a qualsiasi spiegazione, purché significasse che sua figlia non era ciò di cui l'articolo la accusava.

Sabrina scosse freneticamente la testa. «No, mamma, è tutta una bugia. È tutto inventato».

Sua madre chiuse gli occhi e annuì. «Bene, allora...».

«Inventato? Nessun giornale pubblica una storia del genere senza una qualche prova!» interruppe il padre. «Devono avere una fonte per tutto questo!».

«La loro fonte ha mentito. Non sono quello che dicono!». Sabrina protestò, avvicinandosi, sperando di convincere il padre della verità.

«Allora se è una bugia, perché non li hai ancora citati in giudizio?». Indicò la data nell'angolo in alto a destra del giornale. «È stato pubblicato cinque giorni fa».

«È un malinteso. Hanno preso la persona sbagliata. Una causa legale richiede tempo. È complicato». Come poteva dire a suo padre che parte delle prove in possesso del giornale - gli estratti conto della carta di credito di Daniel - non sarebbero serviti a screditare la fonte del giornalista?

«Complicato? Dannazione, Sabrina! È sul giornale! È scritto nero su bianco! Se non fai subito causa per diffamazione, tutti crederanno che sia vero!». Il volto di suo padre divenne ancora più rosso, come se stesse per scoppiargli un'arteria. «Perché pubblicare una cosa del genere se non c'è un briciolo di verità?».

«Ma non è vero!». L'impotenza si diffuse in lei. Sapeva cosa sarebbe sembrato ai suoi genitori e il fatto di non avere alcuna spiegazione da dare loro peggiorava ulteriormente le cose. «Ti prego, devi fidarti di me quando ti dico che la storia è falsa».

Suo padre scosse la testa. «Come posso fidarmi di te se non sai dirmi perché hanno detto una cosa del genere su di te? E perché non stai facendo nulla al riguardo». La sua bocca assunse una linea cupa. «Non mi lasci altra scelta che credere a quello che c'è scritto sui giornali».

Sabrina singhiozzò. «Per favore...».

Ma lui la interruppe. «Come hai potuto farmi questo? Come hai potuto infangare il mio buon nome in questo modo?».

Sua madre si alzò di scatto dalla sedia. «A chi vuoi credere, a tua figlia o a una viscida giornalista di gossip?».

«Vendere il suo corpo come una comune...».

«Non dirlo!» lo ammonì sua madre, con la voce fredda come il ghiaccio.

A Sabrina scesero le lacrime agli occhi. «Non sono...» indicò il foglio. «Quello. Ti prego, papà, devi credermi».

Sentì Holly muoversi accanto a lei, mettendo un braccio intorno alla vita di Sabrina per sostenerla, mentre sua madre faceva lo stesso dall'altra parte.

«Sono tutte bugie», insistette Holly.

«Stanne fuori!» sbottò suo padre. «Probabilmente non sei migliore di lei!».

Il sussulto di Holly fu soffocato dalla voce di Raffaela che proveniva dalla porta. «Cosa sta succedendo qui?».

Il padre di Sabrina indicò Sabrina. «È una squillo! E tuo figlio è solo un altro dei suoi clienti!». Indicò il giornale che ora giaceva sul tavolo. «È proprio lì sul giornale. Lo sanno tutti! Il mio nome viene trascinato nel fango!».

Sua madre lasciò andare Sabrina e si chinò verso di lui, con il petto gonfio. «Per l'amor del cielo, George! Se c'è qualcuno che ha trascinato il tuo nome nel fango, quello sei tu!».

«Chiudi il becco, Ilene! Non si tratta di me! Si tratta di quella sgualdrina di tua figlia!».

«È anche tua figlia e non è una sgualdrina!».

«Credi a quello che vuoi credere! Ma non ho intenzione di partecipare ancora a questa farsa!». Uscì dalla cucina come una furia.

«Papà, ti prego! Non andartene!». Sabrina lo chiamò, ma lui non voltò nemmeno la testa, come se non l'avesse sentita.

Un singhiozzo le strappò il petto e un attimo dopo si ritrovò premuta contro il petto di Holly e lasciò scorrere liberamente le sue lacrime. Sentì a malapena le parole tranquille che Raffaela e sua madre si scambiarono.

Poi un rumore di passi giunse dal corridoio e la voce di Daniel le giunse. «Che cosa è successo?».

Holly la liberò dalla sua presa e Daniel la avvolse in un abbraccio.

«Sabrina, tesoro, cosa c'è che non va?». Lui la strinse forte, accarezzandole la schiena, ma lei non riusciva a parlare, le lacrime la soffocavano.

«Suo padre ha visto l'articolo sul *New York Times*», spiega Raffaela. «Sabrina ha cercato di spiegargli che si tratta di un malinteso, ma lui non ha voluto ascoltare».

Daniel le diede dei baci sulla testa. «Mi dispiace tanto, tesoro. Sistemerò tutto, te lo prometto».

Sabrina sollevò la testa. Dietro, vide Tim in piedi vicino alla porta, che la guardava con occhi pieni di compassione.

«Oh, Daniel, cosa facciamo?».

«Me ne occupo io».

Proprio in quel momento, dei passi pesanti scesero di corsa le scale e un attimo dopo la porta d'ingresso fu sbattuta. Non poteva essere vero! Ma era così. Quando un istante dopo sentì il motore di un'auto sportiva accendersi, lo capì: suo padre se ne stava andando.

«Non mi accompagnerà all'altare». Singhiozzava in modo incontrollato.

Daniel la strinse di più a sé. «Gli parlerò. Gli spiegherò tutto».

«Ma se ne sta andando!».

«Tim, prendi la mia macchina, seguilo!». Lanciò le chiavi al suo amico. «Scopri dove sta andando e tienimi aggiornato. Devo stare con Sabrina in questo momento».

«È inutile», mormorò Sabrina. Suo padre sarebbe tornato a casa, pensando il peggio di lei, e si sarebbe rifiutato di parlarle.

A quattro giorni dal suo matrimonio, le crepe nel suo mondo perfetto cominciavano ad allargarsi. Cos'altro poteva accadere per far crollare tutto il suo castello di carte?

20

Daniel sfiorò i capelli di Sabrina mentre la cullava tra le braccia. L'aveva portata nella loro camera da letto per garantire a Sabrina un po' di pace e tranquillità. In casa c'era un gran fermento: gli operai erano arrivati per costruire una piattaforma in giardino, dove si sarebbe svolta la cerimonia, e altri erano impegnati a ultimare la costruzione della tenda.

Tim era riuscito a raggiungere il padre di Sabrina, che non aveva fatto molta strada. Si era fermato a East Hampton e, secondo Tim, era ancora lì, seduto in un bar a rimuginare su una tazza di caffè. Tim non lo aveva avvicinato. Più tardi, una volta che si fosse calmato un po', Daniel avrebbe parlato con lui e lo avrebbe convinto che l'articolo era una bugia e che sua figlia era una donna per bene.

«Che ne dici se ti porto fuori per un brunch? Solo io e te. Nessun altro», chiese Daniel a Sabrina. «Hai bisogno di una piccola pausa da tutto questo».

Sabrina sollevò la testa e singhiozzò. «Cosa facciamo con mio padre?».

Daniel le accarezzò dolcemente la guancia. «Tornerà. Me ne occuperò io. Promesso. Ora hai bisogno di cambiare aria».

La sollevò dal suo grembo.

«Devo avere un aspetto orribile». Si pulì il viso con le mani.

«Sei bellissima come sempre», le disse lui, anche se non gli piaceva vedere le borse rosse intorno ai suoi occhi.

«Lascia che mi rinfreschi un po'».

«Ti aspetto di sotto».

Quando raggiunse i piedi delle scale, Daniel si appoggiò al muro e si fissò le scarpe, contemplando le sue prossime azioni.

«Come sta?».

Alzò lo sguardo e fissò Holly, che si era avvicinata senza che lui se ne accorgesse. «Un po' meglio. La porto fuori per un brunch al country club, solo noi due».

«Buona idea». Holly si guardò alle spalle e si avvicinò. «Ho delle novità».

Dall'alto sentì dei passi. Sabrina stava scendendo le scale.

Holly alzò lo sguardo, poi gli sussurrò: «Ci sentiamo dopo» e si allontanò in fretta.

Quando Sabrina lo raggiunse, con la borsa a tracolla e un cardigan drappeggiato sul braccio, lui la salutò con un sorriso. Gli ultimi giorni l'avevano segnata e avevano bisogno di passare del tempo insieme da soli.

Le prese la mano. «Conosco un posto fantastico dove possiamo rilassarci un po'».

Anche se lei annuì e sorrise, aveva chiaramente forzato il sorriso per il suo bene. Questo gli spezzò un po' il cuore. Suo padre l'aveva accusata di cose terribili e lui sapeva che non sarebbe stata in grado di lasciarsi tutto alle spalle facilmente. Ma Daniel avrebbe fatto tutto ciò che era in suo potere per far sì che suo padre si scusasse con lei e la pregasse di poterla accompagnare all'altare il giorno del suo matrimonio.

In macchina, Sabrina parlò a malapena e lui non la incalzò. La conosceva abbastanza bene da sapere che quando era ferita si ritirava in se stessa. Non era il tipo di persona che mostrava a tutti di essere ferita. Si ritirava semplicemente nel suo guscio, proprio come stava facendo ora. Cercare di costringerla a riaprirsi quando non era pronta a parlare non sarebbe servito a nulla. Così si limitò a mettere la mano destra sulla sua e a stringerla mentre guidavano in autostrada con la capote della decappottabile abbassata.

Quando l'auto si fermò davanti al Maidstone Country Club e si fermò in un parcheggio vuoto, le lasciò la mano.

«Qui servono un brunch meraviglioso».

Sabrina gli rivolse un sorriso riconoscente. «È bellissimo».

Daniel la scortò all'interno del club, attraverso l'elaborato ingresso, e la guidò verso la sala da pranzo, dove un uomo che indossava un abito estivo beige era in piedi su un podio e salutava gli ospiti.

«Signor Sinclair, è un piacere vederla», lo salutò l'uomo con un sorriso tirato. Sembrava che il maître avesse letto l'articolo del *New York Times*. Non aveva pensato a quanto il *New York Times* fosse letto dai residenti degli Hamptons.

«Buongiorno, Eric», disse Daniel in tono pacato. «Due per il brunch, per favore. Magari...».

«In un posto tranquillo in giardino?» suggerì Eric.

Sembrava che il maître volesse far sedere Daniel il più lontano possibile dagli altri ospiti rispettabili. Se Daniel non fosse stato con Sabrina, si sarebbe opposto alla presunzione di quell'uomo e avrebbe insistito per essere fatto sedere al centro della sala da pranzo, ma nell'attuale stato di vulnerabilità di Sabrina, voleva attirare l'attenzione il meno possibile. Almeno lì, al club di cui faceva parte tutta la sua famiglia, nessuno avrebbe osato fare una scenata. Era il motivo per cui aveva portato Sabrina lì piuttosto che in uno dei ristoranti popolari di Montauk o East Hampton, dove forse non avrebbero ricevuto una simile cortesia.

Quando Eric li fece accomodare in una zona tranquilla del giardino, lontano dalla sala da pranzo principale, e mandò subito il cameriere a prendere le loro ordinazioni di bevande, Daniel tirò finalmente un sospiro di sollievo. Sentì Sabrina fare lo stesso.

«Grazie. Avevo solo bisogno di allontanarmi da tutto». Lei lo guardò e sorrise, ma i suoi occhi erano velati da una tristezza che gli fece stringere le budella.

«Odio vederti così». Le prese la mano e le diede un bacio sul dorso. «Dimmi cosa posso fare».

Lei guardò in lontananza dove alcuni uomini stavano giocando a tennis. «Vorrei che ci fosse qualcosa che tu possa fare. Ma non c'è. È tutto un casino».

«Alla fine tutto si risolverà. Fidati di me».

«Non cambierà ciò che mio padre pensa di me».

«Lo farà, una volta che avranno ritrattato la storia e presentato le loro scuse».

Lei girò la testa verso di lui. «Anche se ritrattano la storia, perché tu minacci di fargli causa, la gente continuerà a pensare che sia vera».

«Non lo faranno se riusciremo a dare al giornale una storia che smaschererà la loro precedente storia come una menzogna totalmente inventata».

Sabrina abbassò le palpebre. «Sarà troppo tardi. Il matrimonio è tra quattro giorni».

«Ti prego, fidati di me».

«Daniel», una voce maschile giunse improvvisamente da dietro di lui.

Girò la testa e vide Brian Caldwell fermarsi accanto al tavolo suo e di Sabrina. Fu sorpreso di vedere il suo socio d'affari qui.

«Quando ho chiamato a casa tua mi hanno detto che ti avrei trovato qui. Così ho pensato di parlarti di persona».

Daniel si alzò in piedi. «Brian, come stai? Posso presentarti la mia fidanzata, Sabrina Parker?».

Brian annuì bruscamente, poi lo sguardo tornò su Daniel. «Ascolta, sarò breve. Mio padre voleva inviare una lettera ai tuoi avvocati per avvisarti, ma gli ho detto che avrei preferito dirtelo di persona. Credo di dovertelo».

Un nodo si formò nello stomaco di Daniel. Ogni volta che un partner commerciale iniziava una conversazione del genere, non finiva mai bene. Lanciò un breve sguardo a Sabrina e notò che li stava osservando con attenzione.

«Non può aspettare?».

Brian scosse la testa, il rammarico era evidente nei suoi occhi. «Mi dispiace molto. Ma sai che Caldwell's è un'azienda familiare e ha una certa reputazione. Mio padre ha costruito l'azienda dalle fondamenta e lo ha fatto senza mai compromettere la sua integrità. È su questo che siamo costruiti. I nostri valori familiari».

«Qual è il punto?» lo interruppe Daniel.

Brian sospirò. «Il punto è che non possiamo portare avanti l'affare. Se ci associamo a te, la nostra reputazione sarà macchiata».

«Vuoi buttare alle ortiche un accordo multimilionario perché la tua reputazione potrebbe essere *macchiata* da questo processo?».

Brian lanciò un'occhiata in direzione di Sabrina, come se le sue parole avessero bisogno di ulteriori spiegazioni. «Non possiamo permetterci uno scandalo come questo. Devi capire».

«Oh, capisco», rispose Daniel con freddezza, ma dentro di sé era furioso.

Brian e suo padre si stavano tirando indietro dall'accordo commerciale che stavano elaborando da un paio di mesi, perché non volevano essere associati a un uomo che secondo loro stava sposando una escort.

Guardò Brian che si girava e se ne andava frettolosamente, come se anche solo un secondo in più in compagnia sua e di Sabrina lo avrebbe coinvolto nello stesso scandalo.

21

Sabrina alzò lo sguardo verso Daniel, che era ancora in piedi. «Ti sto rovinando la vita».

Lui si avvicinò alla sedia accanto a lei e si sedette, chinandosi verso di lei. Le faceva male il petto e sapeva che non era un dolore fisico, anche se le sembrava tale. Le faceva male perché aveva capito che doveva agire subito, prima che tutto peggiorasse ulteriormente. Non aveva altra scelta che salvare ciò che poteva ancora essere salvato.

«No, non è vero». Daniel fece un movimento sprezzante con la mano nella direzione in cui Brian Caldwell se n'era andato. «Le persone che si ritirano dagli affari succedono di continuo. Non è una novità».

Lei scosse la testa ed emise un sospiro rassegnato. «Sei un pessimo bugiardo, Daniel. Sappiamo entrambi perché questo accordo è andato a monte. È a causa mia. Per quello che pensano che io sia. Non si fermerà mai, vero?». Ne era certa. Le persone in quella città le avrebbero sempre fatto capire cosa pensavano di lei, proprio come avevano fatto la signora Teller e la donna del negozio di lingerie. E ora Brian Caldwell. E non sarebbe stato l'ultimo.

La bocca di Daniel si increspò in una linea cupa. Capì allora di aver toccato un nervo scoperto. «Si fermerà quando pubblicheranno la ritrattazione».

«Ma non la pubblicheranno, vero? Mancano quattro giorni al matrimonio e tutti pensano ancora che sia vero. Tua madre continua a ricevere sempre più disdette dagli invitati. Daniel, questo non riguarda solo me. Riguarda te, la tua azienda e la tua famiglia».

E non voleva essere responsabile della distruzione delle vite delle persone che amava.

«Lo supereremo insieme».

Sabrina fece un respiro profondo e si preparò a ciò che doveva fare. La tristezza che si diffondeva dentro di lei sembrava una mano fredda che cercava di strangolarla. «Gli sguardi e i sussurri, le bugie e le accuse, ci distruggeranno. Oggi è un partner commerciale che si ritira da un accordo, domani sarà un altro. Non capisci che la situazione non potrà che peggiorare? È in gioco il tuo intero guadagno. E i tuoi genitori? Pensi che resteranno davvero a guardare tutto questo senza desiderare segretamente che io non ci sia più?».

Daniel sussultò, la mascella si aprì e il petto si sollevò. «Cosa stai dicendo?»

Lo guardò con desiderio. Non aveva mai amato un uomo come amava lui, ma l'amore non era sufficiente per una vita insieme. Non più. Se avesse dovuto pensare solo a se stessa, avrebbe affrontato la sfida a testa alta e avrebbe resistito alla tempesta, sopportando gli insulti, i commenti sprezzanti, l'allontanamento, e senza tirarsi indietro. Ma non si trattava più solo di lei. Non poteva portare un bambino in questa situazione. Non poteva fare questo al loro bambino non ancora nato.

«I miei genitori ti vogliono bene. Sono al nostro fianco». Daniel le mise le mani sulle spalle e la scrutò negli occhi. «Non importa cosa pensano gli altri. Io e te sappiamo la verità e ci amiamo. Non abbiamo bisogno di nient'altro».

Sì, si amavano e lei non sapeva come avrebbe potuto andare avanti senza provare il suo amore. Ma poiché lo amava, doveva prendere questa decisione, altrimenti un giorno lui l'avrebbe odiata per avergli rovinato la vita.

Con un sorriso triste scosse la testa. «Non è abbastanza. Non capisci? Finché questa storia rimarrà in circolazione senza essere contestata, nulla sarà mai giusto».

«La ritratteranno».

«Quando?» mormorò lei, sapendo che Daniel stava prendendo tempo. Dall'espressione del suo viso lo sapeva anche lui.

Daniel sospirò. «Non lo so. Presto».

«Mi dispiace, Daniel. *Presto* non è abbastanza. Credo che abbiamo commesso un errore».

«Che tipo di errore?»

«Non dovremmo sposarci». Quando le parole furono pronunciate, il suo cuore si strinse dolorosamente e Sabrina seppe cosa significava il vero dolore: come se qualcuno stesse tagliando il suo cuore a strisce sottili.

«Non dovremmo sposarci?». Daniel la fissò sciocato.

«Questa relazione era condannata fin dall'inizio».

«Condannata?» ripeté. «Non dire così!».

«È iniziata con una bugia e da lì è andata a rotoli. Sembra che, per quanto ci sforziamo, qualcosa o qualcuno si metta sempre sulla nostra strada». Sabrina si alzò, con le gambe così tremanti da chiedersi se sarebbe crollata se avesse fatto un passo.

Daniel le afferrò il braccio, alzandosi allo stesso tempo. «Non farlo!».

«Ti prego, lasciami andare! Non rendere le cose più difficili di quanto non lo siano già», chiese dolcemente. «Non posso sposarti. Questo scandalo finirà per distruggere la tua vita, la tua reputazione, i tuoi affari. E non potrei mai vivere sapendo di esserne responsabile. Non posso portare questo peso».

Perché sarebbe già stato abbastanza difficile prendersi cura del loro bambino da sola. Crescerlo senza che scoprisse mai cosa aveva fatto sua madre. Amarlo così tanto che non avrebbe mai saputo dell'amore del padre di cui stava privando suo figlio.

«Sabrina, stai esagerando. Tuo padre ti ha fatto arrabbiare. Tra un giorno o due ti sentirai diversa. Ti prego!». Il suo sguardo si fissò in quello di lei. «Non farlo!».

«Mi dispiace». Sabrina si sfilò l'anello di fidanzamento dal dito e glielo porse con mani tremanti. L'oro sembrava bruciare nel suo palmo.

Daniel si rifiutò di prendere l'anello. «Possiamo risolvere la questione, Sabrina. Lo abbiamo fatto in passato e so che possiamo farlo di nuovo».

Scosse la testa, la mente le girava e gli occhi le si riempirono di lacrime che cercò disperatamente di reprimere. «Ti amo, Daniel, ma non posso stare a guardare mentre la tua vita viene distrutta a causa di questo. Un giorno saprai che avevo ragione. Allora mi ringrazierai».

Con le sue ultime forze, posò l'anello sul tavolo e trasse un respiro tremante. Se non fosse uscita subito di lì, sarebbe scoppiata a piangere e Daniel l'avrebbe abbracciata. E allora la sua determinazione sarebbe crollata.

Si girò sui tacchi e per poco non si scontrò con il cameriere che portava un vassoio di bevande. Lo superò rapidamente, non volendo dare a Daniel la possibilità di fermarla. Non poteva permetterlo.

«Mi scusi, signore, i suoi drink», sentì dire al cameriere, mentre si allontanava in fretta.

Tenendo la testa bassa per non incrociare lo sguardo degli ospiti del club, attraversò di corsa la zona pranzo e poi entrò nel foyer.

Frugò nella borsa senza fermarsi e cercò la chiave di riserva dell'auto di Daniel. Stringendola forte nel palmo della mano, corse fuori e aprì l'auto. Quando girò la chiave, il motore ululò. Mise la marcia e uscì dal parcheggio, girò e percorse il lungo viale che portava lontano dal country club. I suoi movimenti sembravano meccanici, come se qualcun altro guidasse il suo corpo.

La sua vista si offuscò e si portò la mano agli occhi per asciugarsi le lacrime. Doveva andarsene da qui e iniziare una nuova vita dove nessuno la conoscesse. Lontano dallo scandalo. Lontano dalle bugie. Lontano da Daniel.

Il suo bambino non avrebbe mai dovuto ascoltare le bugie su di lei. Non avrebbe mai dovuto sentirla chiamare puttana.

22

Daniel guardò Sabrina incredulo. Non poteva essere vero!

«Signore, le bevande», ripeté il cameriere.

«Non ci fermiamo. Metti l'addebito sul mio conto». Daniel cercò di infilarsi tra il cameriere e una pianta in vaso, quando il cameriere si mosse nella stessa direzione. «Mi scusi», sbottò Daniel, osservando Sabrina che scompariva all'interno dell'edificio del club.

Alla fine il cameriere si spostò dalla sua strada e lui poté passare e correre dietro a Sabrina. Non gli importava chi avesse trovato curiosa la sua partenza precipitosa.

Il maître gli lanciò un'occhiata di disappunto, quando Daniel lo superò e si precipitò nell'atrio e poi fuori. Arrivò giusto in tempo per vedere Sabrina allontanarsi con la sua auto sportiva.

Daniel batté il piede a terra. «Cazzo!».

Aveva dimenticato che lei aveva una chiave di riserva per la sua auto e non si aspettava che lo avrebbe lasciato nella polvere in questo modo.

Mentre la guardava scomparire, una Mercedes scura con i vetri oscurati si fermò davanti all'ingresso del club. La portiera del passeggero si aprì e Linda Boyd scese.

Daniel gemette interiormente. Linda era l'ultima persona che voleva vedere in quel momento. Cercò di girarsi per evitarla, ma era troppo tardi. Lei lo aveva ovviamente notato da lontano e si stava già dirigendo verso di lui.

«Ciao Daniel, pensavo che fosse la tua macchina a passare davanti a noi».

Era inutile negarlo. Linda conosceva la sua auto come chiunque altro lo conoscesse. E con la capote abbassata, non aveva avuto problemi a vedere che era Sabrina a guidarla.

Irrigidendosi, Daniel la salutò: «Linda».

Lei gli sorrise, non notando il fatto che lui non fosse dell'umore giusto per parlare, oppure ignorandolo palesemente. «Sabrina ti ha lasciato qui? Se avessimo saputo che dovevi andare al club, ti avremmo dato un passaggio». Indicò la Mercedes nera che stava parcheggiando.

«Grazie, ma non c'era bisogno». In nessun caso avrebbe lasciato intendere che Sabrina aveva appena rotto il loro fidanzamento.

Oh Dio! Non poteva crederci. Era andato tutto così in fretta. Aveva davvero annullato il matrimonio?

«Signor Sinclair!» sentì una voce chiamarlo dall'interno dell'atrio.

Daniel si girò di scatto e osservò il cameriere che si affrettava verso di lui, allungando la mano. Qualcosa luccicava alla luce del sole di mezzogiorno.

Prima che il suo cervello potesse comprendere appieno ciò che stava accadendo, il cameriere premette l'anello di fidanzamento di Sabrina sul palmo della mano di Daniel, riportandolo di nuovo alla realtà. Sabrina lo aveva lasciato.

«La sua fidanzata ha lasciato l'anello sul tavolo, signore», disse gentilmente il cameriere, prima di voltarsi verso l'ingresso della club house.

Daniel rabbrividì.

«Oh, cielo», disse Linda. Mentre la sua voce sembrava piena di rammarico e pietà, la sua espressione facciale diceva il contrario. Quando la mano di lei gli toccò l'avambraccio, lui quasi sussultò. «È per via di Paul Gilbert? Mi dispiace tanto, se avessi saputo che saremmo arrivati a questo punto, ti avrei parlato di loro. Non pensavo che ci fosse qualcosa sotto. Sembrava così innocente».

Gli occhi di Daniel si restrinsero. «Di cosa stai parlando?».

«Beh, a proposito dell'incontro tra Sabrina e Paul a East Hampton l'altro giorno. Sai... Si sono abbracciati in pubblico. Ho pensato che non ci fosse nulla di strano. Non è che stessero cercando di nasconderlo».

Daniel si costrinse a fare un paio di respiri profondi. Riconosceva quando qualcuno stava cercando di manipolarlo. E Linda lo stava chiaramente manipolando. Ma anche nello stato in cui si trovava, non funzionava, anche se voleva trovare un'altra ragione per cui Sabrina lo avesse lasciato, una ragione per cui potesse fare qualcosa. Un motivo che potesse ridurre in poltiglia e distruggere. Ma non esisteva una ragione del genere. Lo sapeva nel profondo.

«Tra Paul e Sabrina non c'è niente. Quindi stanne fuori, Linda!» disse con fermezza. Pur sapendo che a Paul piaceva flirtare, si fidava pienamente di Sabrina. Ma perché nessuno dei due aveva parlato dell'incontro? Durante l'addio al celibato Paul aveva persino chiesto innocentemente come stava Sabrina, come se non la vedesse da secoli.

«La tua amica Audrey ha già causato abbastanza problemi. Quindi farai bene a non farmi arrabbiare ulteriormente».

Si allontanò da lei, intenzionato a chiamare il taxi parcheggiato alla stazione dei taxi dall'altra parte del viale, ma due persone gli bloccarono la strada: Kevin era sceso dalla Mercedes e si era avvicinato a loro, con Audrey accanto.

Non aveva previsto di vederla. Il suo cuore batteva forte. Per un lungo momento nessuno dei due disse una parola.

Poi Audrey fece le fusa: «Beh, ciao». I suoi occhi si posarono sull'anello che teneva in mano e un sorriso iniziò a incurvare le sue labbra verso l'alto. «Credo che il mio lavoro sia finito». Si lasciò sfuggire una risata.

Daniel si avvicinò di un passo a lei, arrivandole molto vicino. «Se pensi che le tue bugie possano allontanare me e Sabrina, ti sbagli. Dimostrerò che l'articolo è una menzogna!».

Audrey scrollò le spalle. «Troppo tardi! A quanto pare, ha funzionato. Sembra che alla fine non ci sarà un matrimonio. Che peccato. I tuoi genitori saranno così delusi. E saranno lo zimbello dell'intera comunità».

Lei cercò di superarlo, ma lui le afferrò il braccio. «Attenta, Audrey. Ti annienterò!».

La lasciò andare e la superò di corsa, saltando sul taxi.

«Guida!», ordinò all'autista e tirò fuori il cellulare dalla tasca.

Prima di andare a casa, doveva chiarire una cosa per evitare che Sabrina facesse le valigie e tornasse a New York. La chiamata fu connessa quasi subito.

«Ehi Daniel, hai dimenticato qualcosa?» chiese Zach.

«Paul è ancora con te?».

«No, lui e Jay sono usciti mezz'ora fa per pranzare al Frank's Crab Shack».

«Grazie». Chiuse la chiamata senza ulteriori spiegazioni. «Mi porti al Frank's Crab Shack, per favore», disse invece al tassista.

Il tragitto dal Maidstone Country Club al Crab Shack durò solo pochi minuti, ma a Daniel sembrarono ore.

Quando il taxi si fermò, Daniel pagò l'autista e scese. Entrò nel ristorante, osservò le persone sedute ai tavoli all'interno e si diresse verso la terrazza che si affacciava sulla spiaggia.

Vide Paul e Jay seduti a un tavolo in fondo, con un piatto di cosce di granchio fresche davanti a loro. Si avvicinò senza che si accorgessero di lui, dato che i due sembravano impegnati in una conversazione.

Quando Daniel raggiunse il tavolo, picchiettò sulla spalla di Paul, facendogli scattare la testa verso di lui.

«Ehi, Daniel! Vuoi unirti a noi? C'è cibo a sufficienza!» Paul indicò la montagna di granchio al centro del tavolo.

Daniel ignorò la domanda. «Perché tu e Sabrina vi siete incontrati in città l'altro giorno?». Il cuore gli martellava nel petto.

Paul si strozzò quasi visibilmente con il granchio che aveva in bocca. Prese la sua birra e ne beve un sorso profondo, mentre i suoi occhi fissavano Daniel con assoluta sorpresa.

«Ci siamo incontrati per caso», rispose infine Paul.

«Stai dicendo che è stata una coincidenza?» chiese Daniel.

«Certo! Perché non dovrebbe?». Paul scambiò una rapida occhiata con Jay, che aveva posato la sua chela di granchio e osservava lo scambio con interesse, rimanendo in silenzio.

«Ti hanno visto abbracciarla». Daniel osservò come l'espressione del viso di Paul cambiasse in un'espressione di difesa.

«Ehi! Aspetta un attimo! Era del tutto innocente».

«Allora perché nessuno di voi due me ne ha parlato? Perché devo scoprirlo da Linda Boyd?».

Paul scosse la testa. «Quella stronza pettegola! Non c'era niente di malizioso, Daniel. Posso aver flirtato con Sabrina in passato. *Prima* che vi fidanzaste. Ma pongo un limite quando le cose si fanno serie tra una coppia. È vero, stavo abbracciando Sabrina, ma la stavo solo confortando».

La fronte di Daniel si aggrottò. «Confortando?».

«Non ti ha detto come la gente del paese la trattava? È stata cacciata dal negozio di lingerie di Lisette. La proprietaria è stata davvero cattiva con lei. Sabrina era in lacrime. Tutto quello che ho fatto è stato cercare di portarla fuori di lì tutta intera. E naturalmente Linda l'ha interpretato in modo errato per far intendere qualcos'altro. Dovresti sapere che lei sputa solo veleno!».

Daniel si passò una mano tra i capelli, da un lato sollevato, dall'altro preoccupato. Avrebbe dovuto prevedere che le persone del paese non sarebbero state gentili dopo aver letto l'articolo. Ma che qualcuno avesse davvero buttato Sabrina fuori da un negozio, gli sembrava esagerato. «Perché Sabrina non me l'ha detto?».

«Probabilmente non voleva che tu scendessi a fare casino».

Paul aveva ragione. Daniel sarebbe andato al negozio e ne avrebbe dette di tutti i colori al proprietario. «Mi dispiace, amico».

«Nessun problema. Ora che tutto è di nuovo a posto, vuoi unirti a noi per una birra e delle cosce di granchio?».

Daniel scosse la testa. «Niente è a posto».

Entrambi i suoi amici lo fissarono in attesa.

«Sabrina mi ha lasciato. Ha annullato il matrimonio». Daniel si lasciò cadere sulla panchina accanto a Paul e mise la testa tra le mani.

«Perché?» chiese Jay.

«Non vuole rovinarmi la vita e finché l'articolo è in circolazione e non è ritrattato e smascherato come una menzogna, pensa di distruggere la mia vita e la mia attività».

«Come mai?» Paul volle sapere.

«Brian Caldwell è venuto da me per dirmi che lui e suo padre si ritirano dall'accordo a causa dello scandalo. Non vogliono più essere associati a me».

«E Sabrina lo sa?» chiese Jay.

«Era lì quando è successo». Daniel appoggiò il mento sulla mano. Come avrebbe potuto vivere senza Sabrina? Lei era la sua vita, il suo tutto.

Jay si strofinò la nuca. «Senti, so che non dovrei dirlo, ma date le circostanze... se non vi sposate, cosa farete con il bambino?».

La testa di Daniel si alzò di scatto. «Quale bambino?».

Jay si tirò indietro. «Oops».

«Jay, falla finita!».

«Beh, ho promesso che non te l'avrei detto, ma...». Sospirò. «Forse mi sbaglio e il test era negativo. Ma l'ho vista nello studio del ginecologo con la sua amica Holly e quando una donna va dal ginecologo è probabile che voglia confermare la gravidanza, perché il suo test di gravidanza a casa era positivo».

Sabrina poteva essere incinta? Era possibile?

Daniel saltò su dal tavolo. Doveva impedire a Sabrina di fare qualche sciocchezza.

23

Quando il taxi lo lasciò davanti alla casa dei suoi genitori, Daniel capì subito che Sabrina non c'era: la sua auto non era parcheggiata nel vialetto. Era andata a fare un giro da qualche parte per rinfrescarsi? O peggio, era già stata qui, aveva fatto le valigie e se n'era andata?

Lanciò al tassista troppi soldi e saltò fuori dal taxi, poi corse verso la porta d'ingresso, infilò la chiave nella serratura e la aprì.

Nell'atrio chiamò: «Sabrina!». Ma nel suo intimo sapeva che non c'era più. Se n'era andata. Si precipitò al piano superiore, ma trovò la camera da letto che avevano condiviso vuota. Tuttavia, le cose di Sabrina erano ancora sparse in giro.

Tirò fuori il cellulare e compose il numero di lei, camminando nella stanza mentre squillava. Dopo il quarto squillo partì la segreteria telefonica. Si aspettava che non avrebbe risposto.

«Per favore, Sabrina, torna. Dobbiamo parlare», disse, prima di disconnettere la chiamata.

Daniel si diresse di nuovo al piano di sotto, questa volta verso la cucina, da dove sentì delle voci. Quando entrò, fu sollevato nel vedere che nella stanza c'erano solo Holly e sua madre. Non sarebbe stato in grado di affrontare la madre di Sabrina in questo momento.

«Avete visto Sabrina?» chiese senza salutare.

Sua madre si girò a metà mentre continuava a mescolare l'impasto in una grande ciotola. «Pensavo che l'avessi portata fuori per il brunch».

Si passò una mano tremante tra i capelli. «L'ho fatto. Ma lei se n'è andata».

«Oh, sono sicura che tornerà presto», disse sua madre con leggerezza e si diresse verso la dispensa per tirare fuori un sacco di farina. «Credo di aver fatto confusione con le misure oggi», aggiunse con un'occhiata laterale a Holly.

«È finita: non credo che tornerà».

Holly si girò per prima verso di lui, allargando gli occhi. Poi anche sua madre si girò e gli dedicò tutta la sua attenzione.

«Come sarebbe a dire che non tornerà?» chiese Holly, tirando fuori le parole.

Daniel chiuse gli occhi per un attimo. «Mi ha restituito l'anello di fidanzamento». Tirò un respiro affannoso. «Ha annullato il matrimonio».

Nel momento in cui lo disse, capì che era vero. Sabrina non era una donna che fa minacce a vuoto per attirare l'attenzione.

Sia Holly che sua madre sussultarono.

«Oh mio Dio! No!». Sua madre scosse la testa come se avesse potuto far sparire la notizia in quel modo. «Non può essere. Che cosa è successo? Che cosa hai fatto?».

«Ma lei ti ama», dichiarò Holly.

«Proprio così. Mi ha lasciato perché mi ama. Non vuole rovinarmi la vita a causa di questo scandalo».

«È per via di suo padre che è scappato in quel modo?». Sua madre indicò il tavolo della colazione come se fosse ancora seduto lì.

«In parte. Penso che sia tutto: il modo in cui la gente del paese l'ha trattata, suo padre che le ha detto cose terribili, e poi quando eravamo al country club...». Esitò.

«Cosa è successo?» insistette Holly.

«Uno dei miei soci d'affari è passato a dirmi che si ritira dall'accordo commerciale a causa di quanto pubblicato dal *New York Times*. Credo che sia stata l'ultima goccia per lei».

«Non puoi lasciarla andare via così!» disse sua madre, pulendosi le mani sul grembiule. «Devi riportarla indietro. Non le hai detto che tutto questo non ha importanza? Non puoi anteporre i tuoi affari a lei».

«Certo che no!», sbottò, per la prima volta guardando sua madre. «Le ho detto che non mi interessa l'accordo commerciale. Ma non mi ha ascoltato. È convinta di rovinarmi la vita se mi sposa».

«Allora devi convincerla del contrario!» ordinò sua madre.

Daniel annuì cupamente. Poi guardò Holly. «C'è una cosa che devo sapere. E tu sei l'unica che può dirmela, Holly».

Holly sollevò le sopracciglia.

«Sabrina è incinta?».

Per un attimo non si sentì alcun suono in cucina. Sua madre stava trattenendo il respiro e Holly sembrava contemplare la sua risposta.

«Holly!», la esortò. «Jay ha visto te e Sabrina nello studio del ginecologo l'altro giorno».

Holly sbatté le palpebre. «Il medico l'ha confermato. È incinta di sette settimane».

Il suo cuore iniziò a battere forte e sembrò mettere in ombra anche il forte sussulto di sua madre. «Vuole il mio bambino?».

«Che razza di domanda è? Certo che vuole il tuo bambino!».

«Perché non me l'ha detto allora?».

«Voleva dirtelo la prima notte di nozze».

Anche se, per come stavano le cose, non ci sarebbe stata la prima notte di nozze. «Devo trovarla. Ora».

«Aspetta!» Holly lo fermò.

Daniel la fissò, chiedendosi cos'altro ci fosse da dire.

«Non riuscirai a farle cambiare idea. Non è cambiato nulla. La situazione è sempre la stessa: lo scandalo sta danneggiando la tua attività. Sabrina non ti crederà semplicemente sulla parola che non ti interessa. Ci hai già provato. Devi far ritirare la storia prima che Sabrina parli con te».

«Dannazione, Holly, ci abbiamo già provato. Né parlare con il giornalista né minacciare Audrey sono serviti a qualcosa. Ho chiamato il mio avvocato e sta già preparando tutto per fare causa al giornale, ma una causa è un processo lungo. Non ritratteranno l'articolo nei prossimi giorni. Ho provato di tutto».

«Non tutto», disse Holly. «Volevo dirtelo prima che tu partissi per il brunch. Ho delle novità».

«Che novità?».

«Te lo mostro sul mio computer». Gli fece cenno di seguirla fuori dalla cucina.

«Cosa state facendo?» li richiamò sua madre.

Holly si voltò brevemente. «Fidati di noi, ci riprenderemo Sabrina, ma meno persone lo sanno e meglio è».

Daniel la seguì fino alla sua stanza, con il polso sempre accelerato. Poteva solo sperare che qualsiasi cosa Holly avesse non fosse solo una notizia, ma una *buona* notizia.

Holly si avvicinò al computer e lo avviò. «Ricordi che avevamo parlato di provare a convincere il giornale che si trattava di un caso di scambio di persona?».

«Sì, ma l'abbiamo già escluso perché ti esporrebbe».

«Oh, non sto parlando di me». Navigò su un sito web, poi cliccò su un link e scorse più in basso finché non apparve una foto sullo schermo.

Una foto di Sabrina con un'acconciatura leggermente diversa lo accolse. Doveva essere stata scattata prima che lui la conoscesse, dato che nella foto i suoi capelli erano più lunghi e più mossi.

Lui alzò un sopracciglio. «Come può una vecchia foto di Sabrina essere una buona notizia? E cosa ci fa su un sito web?».

Holly sorrise. «Immagino che abbia appena superato il test».

«Quale test?». Daniel aggrottò la fronte.

«Se non riesci a capire che non si tratta di Sabrina, allora non può farlo nemmeno nessun altro».

Indicò la foto, guardandola più da vicino. «Questa non è Sabrina?».

«No».

Daniel buttò fuori un respiro. All'improvviso capì esattamente cosa Holly stava cercando di fare. «Oh mio Dio!». La abbracciò, sollevandola dai piedi e facendo un giro completo prima di posarla di nuovo a terra.

«Ok, ok. Non siamo ancora fuori dai guai. Abbiamo del lavoro da fare. Ho scoperto che vive in Colorado. C'è un numero di telefono e un indirizzo e-mail».

«Come posso aiutarti?» chiese con impazienza.

«Dobbiamo assumerla per farla venire a New York, andare all'ufficio del giornale e dire che lei è l'escort a cui si riferisce la fonte dell'editorialista. L'articolista la guarderà, poi guarderà la foto di Sabrina e capirà che è praticamente la sua gemella. Ovviamente dovremo pagarla».

«Non mi interessa quanto costa».

«Conosci qualcuno che abbia un jet per portarla dal Colorado a New York? Temo che se la prenotiamo su una compagnia aerea commerciale, perderemo tempo».

Daniel annuì immediatamente. «Parlerò con Zach. La sua compagnia ha un paio di jet. Forse uno di questi è a ovest. Se no, conoscerà qualcun altro da cui possiamo prendere in prestito un aereo».

Holly prese nota su un piccolo blocco note accanto al suo computer. «Bene». Picchiettò con la penna sul foglio, evidentemente meditando qualcosa. «Questo ci lascia con un solo problema».

«Quale problema? A me sembra chiaro». Indicò lo schermo dove la foto della donna che assomigliava a Sabrina lo fissava ancora. «Questa donna mostrerà al giornalista il suo documento d'identità e dimostrerà di non essere Sabrina. Il giornalista capirà che si è trattato di uno scambio di persona e si scuserà».

«Sì, ma c'è ancora una questione in sospeso: l'estratto conto della tua carta di credito. Audrey ha dato una copia dell'estratto conto della sua carta di credito al giornalista. Mostra l'addebito all'agenzia di escort. Come lo spiegherai?»

Daniel si strofinò la nuca. Non ci aveva pensato, troppo estasiato dal fatto che Holly avesse trovato una donna che sembrava la copia sputata di Sabrina. «Merda!».

«Sì. Ci sto pensando da quando ho trovato questa foto. Ma non riesco a capire come possiamo screditare l'estratto conto della carta di credito. Se non lo facciamo, il giornalista penserà che hai assunto una escort che assomiglia a Sabrina. E non credo che crederà a tutta la storia finché ci sarà uno straccio di prova che tu abbia assunto una escort. Se solo quella copia dell'estratto conto della carta di credito non esistesse».

Sì, se solo Frances non avesse dato a Audrey accesso ai suoi documenti finanziari riservati! Per quell'indiscrezione Frances si era meritata il licenziamento. E non avrebbe mai ottenuto una referenza decente da lui.

«Ci sono!». Aveva appena capito.

«Cosa?». Holly lo fissò con occhi spalancati.

«L'estratto conto della carta di credito. Audrey ne ha ottenuto solo una copia. Se riusciamo a dimostrare che la copia è falsa e che Audrey ha aggiunto l'addebito a un'agenzia di escort per far sembrare che io abbia assunto Sabrina come escort, allora tutta la sua storia crollerà».

«Vero. Ma come pensi di farlo? Devo ricordarti che l'addebito è reale. La mia agenzia ha effettuato l'addebito sulla tua carta di credito. Inoltre, se all'improvviso produci una copia diversa, penseranno che la tua copia sia stata alterata, non la sua».

Per la prima volta da quando Sabrina aveva rotto il loro fidanzamento, Daniel sorrise. «Non sarò io a farmi avanti con una nuova copia. Sarà Frances a farlo».

«La tua assistente? Pensavo l'avessi licenziata».

«Ed è proprio per questo che lo farà: ha bisogno di una referenza da parte mia più di qualsiasi altra cosa».

Holly ridacchiò. «Sei decisamente malvagio». Gli fece l'occhiolino. «Mi piace». Poi fece una pausa. «E come farai a far sembrare questa copia più reale di quella che Audrey ha dato alla giornalista?».

«Dovrò far consegnare a Frances l'originale».

«Ma l'originale contiene l'addebito sulla carta di credito».

Daniel mise una mano sulla spalla di Holly. «Ti ho mai raccontato la storia di come, ai tempi dell'università, Wade sarebbe stato quasi bocciato in statistica?».

Holly lo guardò come se avesse perso la testa. «Eh?»

«Beh, diciamo che le sue abilità nelle arti grafiche e in Photoshop compensano abbondantemente. In effetti, è un suo piccolo hobby».

A Holly cadde la mascella. «Mi stai dicendo che Wade sta per falsificare l'estratto conto della tua carta di credito?».

Daniel sorrise. «Mettiamoci al lavoro. Tu contatta la ragazza. Io parlerò con Zach, Wade e Frances». Guardò l'orologio. «Non riusciremo a rispettare la scadenza per l'edizione di domani del *New York Times*, ma se riusciamo a far volare questa donna a New York entro stasera e Wade riesce a far arrivare l'estratto conto della carta di credito a Frances tramite corriere domattina, l'articolo sarà ritrattato il giorno dopo».

E poi avrebbe riavuto Sabrina.

24

Tutto aveva funzionato come un ingranaggio: Holly aveva convinto la sosia di Sabrina a venire a New York e a dire a Claire Heart che era *lei* la vera escort, non Sabrina. I soldi che Daniel le aveva promesso avevano concluso l'affare. Zach era riuscito a organizzare per un jet privato con un amico di Las Vegas che era andato a prendere la sosia di Sabrina a Denver e l'aveva portata all'aeroporto LaGuardia di New York. Poi una limousine noleggiata dall'azienda di Zach l'aveva accompagnata negli uffici del giornale.

Wade aveva lavorato tutto il pomeriggio e la notte per riprodurre l'estratto conto della carta di credito a cui Daniel aveva potuto accedere online. Nelle prime ore del mattino, Wade aveva presentato a Daniel due fogli di carta che sembravano così veri che Daniel non poteva dire che erano falsi. Invece di assumere un corriere, Wade aveva deciso di portare in auto il documento fino all'appartamento di Frances a Brooklyn e di consegnarlo nelle sue mani.

Nel frattempo, Daniel aveva chiamato Harvey, il portiere del suo condominio e aveva scoperto che Sabrina era effettivamente tornata a New York. Gli aveva chiesto di fargli sapere se pensava che stesse per partire. Con un pretesto, Harvey era salito nell'appartamento e aveva notato che Sabrina stava preparando degli scatoloni. Ma anche Daniel sapeva che non sarebbe stata in grado di assumere dei traslocatori in un giorno o due.

Ciononostante, era già impaziente quando arrivò la seconda sera senza Sabrina. Stava camminando sul portico posteriore, fissando la tenda pronta per il matrimonio, quando squillò il cellulare.

«Sì?».

«Signor Sinclair, sono Claire Heart».

In silenzio alzò il pugno in aria, ma trattenne l'eccitazione dalla voce. Non poteva far sapere alla giornalista che sapeva cosa era successo oggi nel suo ufficio.

«Sì, signorina Heart? Quali altre falsità ha intenzione di pubblicare su di me e sulla mia fidanzata?».

«Uhm, signor Sinclair. Sono... Mi dispiace molto. Ho cercato di contattarla prima, ma non ci sono riuscito. Ci sono stati degli sviluppi. Non voglio annoiarla con i dettagli. Ma abbiamo stabilito che si è trattato di un caso di scambio di persona. Ci dispiace molto per il dolore che abbiamo causato a lei e alla sua fidanzata. Nell'edizione cartacea di domani troverà una smentita dell'articolo e le scuse mie e del giornale, ovviamente. E l'edizione online andrà in onda con la storia subito dopo la mezzanotte».

«Beh...».

«È stato un terribile errore. Ma come potrà capire, a volte le prove che ci vengono presentate sembrano molto convincenti».

«Capisco, signorina Heart. Grazie per aver chiamato».

Chiuse la chiamata e saltò in aria. «Sì!».

Aveva funzionato. Claire Heart, il suo editore e il suo ufficio legale si erano bevuti la storia che lui e Holly avevano fabbricato con le unghie e con i denti.

L'indomani, tutta New York e gli Hamptons avrebbero scoperto che Sabrina non era una squillo. Tutto sarebbe tornato alla normalità. Ma non poteva aspettare fino al giorno seguente. Il giornalista non aveva detto che l'edizione online avrebbe pubblicato la storia poco dopo la mezzanotte?

Allora cosa ci faceva ancora qui a Montauk? Avrebbe dovuto essere in viaggio verso il suo appartamento a Manhattan. Daniel diede un'occhiata all'orologio. Se fosse partito ora, sarebbe arrivato lì poco dopo mezzanotte.

Pochi minuti dopo, era seduto nell'auto di suo padre, sfrecciando nella notte, diretto a New York.

ANCHE SE ERA stanca per aver fatto i bagagli, Sabrina non riusciva a dormire, quindi non ci provò nemmeno. Si sedette invece in salotto. Solo una piccola lampada era accesa in un angolo. Al di là delle finestre a tutta altezza, Manhattan scintillava come mille gocce di pioggia che cadono su uno specchio. Non stava piovendo, però: erano le lacrime di Sabrina che facevano apparire lo skyline di Manhattan sfocato.

«È meglio così», mormorò a se stessa. «È per te». Si passò una mano sulla pancia. Doveva rimanere forte per il suo bambino. Non voleva che nascesse in una comunità che evitava i suoi genitori. Avrebbe preferito sparire in un posto dove nessuno la conoscesse e crescere il bambino da sola.

Un singhiozzo le strappò il petto. Se solo fosse stata più forte e non le fosse mancato così tanto Daniel. Seguì un altro singhiozzo. Altri singhiozzi le strapparono il petto e non si fermarono. Prese un fazzoletto e si soffiò il naso.

«Non piangere».

Sabrina urlò e si girò di scatto, saltando in piedi all'istante. Non aveva sentito la porta dell'appartamento tra i suoi singhiozzi.

Anche nella relativa oscurità della stanza, lo riconobbe immediatamente. «Daniel», riuscì a dire.

Poi la raggiunse e la tirò contro il suo petto. Lei voleva protestare, ma era troppo debole.

«Ora sono qui», le mormorò tra i capelli.

«Non cambierà nulla». Lei si spinse contro di lui e si allontanò. Lui lasciò che accadesse e lei ne fu delusa.

Le sue mani si mossero e improvvisamente un'altra fonte di luce illuminò il suo volto mentre osservava un iPad. Glielo porse. «Leggi questo».

«Che cos'è?».

«Leggilo e basta», chiese. «Per favore».

Spinta dalla tenerezza nei suoi occhi, Sabrina abbassò lo sguardo sullo schermo. La prima cosa che vide fu una sua foto, anche se a un esame più attento capì che non poteva essere lei: l'acconciatura era completamente sbagliata e anche il top che indossava la donna non apparteneva a Sabrina.

Lo sguardo le cadde sulla riga sotto la foto. C'era scritto *Ms. Sharon Helmer*.

Poi lesse il titolo: *Correzione*.

Sotto di essa sono state scritte solo poche righe.

Il 18 di questo mese, questo giornale ha pubblicato una storia sul signor Daniel Sinclair e la signorina Sabrina Palmer. Le informazioni presentate al Times come base di questa storia si sono rivelate false. Infatti, la signorina Sharon Helmer, nella foto, è stata scambiata per la signorina Palmer. La signorina Palmer non è in alcun modo collegata ad alcun servizio di escort e non ci sono prove che il signor Sinclair, il suo fidanzato, abbia mai utilizzato i servizi di un'agenzia di escort. Desideriamo porgere le nostre più sentite scuse e il nostro più sincero rammarico al signor Daniel Sinclair e alla signorina Sabrina Palmer e alle loro famiglie.

Sabrina sollevò la testa.

«Ce l'hai fatta», sussurrò. «Hai fatto in modo che ritrattassero la storia. Come?».

«Mi hanno aiutato», ha detto con un sorriso.

«Ma... quest'altra donna. Chi è?».

«Una modella e una escort. Holly l'ha trovata e...»

Sabrina si gettò tra le sue braccia, interrompendo le sue parole. «Grazie!».

Sentì le sue labbra calde sulle sue, labbra che le erano mancate e che aveva desiderato negli ultimi due giorni. Le sue braccia la avvolsero, stringendola così forte a sé da farle sentire fisicamente quanto anche a lui fosse mancata.

La sua bocca divorava la sua, la sua lingua accarezzava con forza la sua, scavava in profondità, si riappropriava di lei, mentre lei faceva lo stesso. Aveva passato troppo tempo lontana da lui. In quel momento si rese conto che non sarebbe mai riuscita a lasciarlo per sempre.

«Dio, mi sei mancata!» mormorò Daniel quando interruppe il bacio. «Ti prego, non lasciarmi mai più».

«Mai più, te lo prometto».

«Ti farò mantenere la tua promessa».

Lei lo raggiunse, riportando il suo viso verso di lei. «Voglio te».

«Mi hai, tesoro, anima e corpo».

Le tirò la maglietta e gliela sfilò da sopra la testa, facendola rabbrividire nonostante il calore dell'appartamento. Le passò le mani sui seni nudi, accarezzandoli teneramente. Ora sentiva il suo tocco più intensamente. La gravidanza le aveva reso i seni più sensibili.

La gravidanza. Il suo cuore si fermò. Non gliene aveva ancora parlato, ma non pensava di poter mantenere il segreto fino alla prima notte di nozze. Lui doveva saperlo e lei doveva dirglielo.

«Daniel», sussurrò lei, proprio quando lui abbassò la testa verso un seno e risucchiò il capezzolo turgido nella sua bocca, tirandolo delicatamente e leccandolo con tutta l'ampiezza della sua lingua. La consistenza dello sfregamento della lingua sulla sua carne ricettiva la fece rabbrividire di piacere.

«Sì?» mormorò lui contro la sua carne.

«C'è una cosa che devi...».

«...fare?» chiese. «Tutto quello che vuoi, tesoro. Dimmi solo di cosa hai bisogno».

«No, c'è qualcosa che devi sapere», provò ancora e gli prese la testa tra le mani, sollevandola dal seno e costringendolo a guardarla.

La passione che offuscava i suoi occhi le fece stringere il ventre in attesa.

«Sono incinta». Fece un bel respiro. «Avrò il tuo bambino».

Il calore e l'adorazione ora irradiano i suoi occhi. «Lo so, tesoro».

Sorpresa, la sua bocca si spalancò. «Lo sai?».

Lui annuì, mentre la sua mano scivolava delicatamente lungo il busto fino a posarsi sulla pancia. La accarezzò con movimenti lenti. «Avrei dovuto notarlo prima. Quando ti tocco ora, posso sentire i cambiamenti nel tuo corpo. I tuoi seni sono più pieni e molto più reattivi quando li tocco. E quando ti guardo in faccia, posso vedere il tuo splendore. Sei radiosa, Sabrina. Avrei dovuto vederlo. Avrei dovuto saperlo. Non è una sorpresa che tu abbia preso tutto così male. Avevi un tale fardello da portare, un tale stress da affrontare. Avrei dovuto capire prima che i tuoi ormoni ti stavano rendendo tutto più difficile. Se l'avessi saputo...».

Lei gli mise un dito sulle labbra, fermandolo. «Volevo trovare il momento perfetto per dirtelo, ma quando tutto ha preso una brutta piega, non ci sono riuscita. Non volevo che ti sentissi obbligato a sposarmi solo per il bambino. Perché so che non mi avresti mai lasciato andare se l'avessi saputo».

Daniel scosse la testa e rise dolcemente. «Sabrina, chiariamo una cosa: non ti lascerò mai andare, incinta o no. Il nostro posto è insieme. Senza di te, sono un uomo a metà».

Lei respinse la lacrima che minacciava di scorrerle sulla guancia alle sue parole affettuose. «Come l'hai scoperto? Holly?».

«Dopo che Jay si è lasciato sfuggire di aver visto te e Holly nello studio del ginecologo, l'ho affrontata. A quel punto non aveva altra scelta che dirmelo. Quindi non arrabbiarti con lei».

«Non lo sono». Lo baciò dolcemente.

«Bene», concordò. «Ora, dove eravamo rimasti?». Lui fece scorrere gli occhi sul suo torso nudo. «Oh, sì, credo che stessi per spogliarti completamente e fare l'amore con te».

Sabrina si avvicinò al bottone superiore della sua polo e lo aprì. «Allora cosa ci fai lì in piedi completamente vestito?».

Daniel si liberò dalle sue braccia e si tirò la camicia sopra la testa, gettandola a terra. Seguirono le scarpe, i pantaloni e i boxer.

Poi tirò il cordoncino che legava i pantaloni della tuta alla vita e sciolse il nodo. Il materiale cadde a terra con un soffio, lasciandola in piedi con solo un perizoma.

Daniel infilò i pollici sotto il tessuto e lo spinse verso il basso, aiutandola a liberarsi dell'inconsistente indumento. Un attimo dopo, la prese in braccio e la portò a sdraiarsi sul divano, con il corpo appoggiato sul suo.

«Tesoro, se qualcosa ti fa male, me lo farai sapere, vero?».

La sua fronte si aggrottò. «Perché dovrebbe farmi male qualcosa?».

Fece scorrere il palmo della mano sul suo stomaco. «Non voglio fare del male al bambino».

Lei ridacchiò e lo tirò a sé. «Ho letto che una donna incinta può fare sesso fino alle ultime settimane di gravidanza senza danneggiare minimamente il bambino». Poi la sua mano raggiunse il suo cazzo e lo avvolse. Era duro come un tondino di ferro ed era esattamente ciò di cui aveva bisogno da lui in questo momento. Aveva bisogno di sentirlo dentro di sé, che le mostrasse quanto la desiderava. Quanto la amava. «Prendimi».

«Se la metti così», mormorò lui e le afferrò la coscia sinistra, spingendola ad aprirsi a lui.

Senza interrompere il contatto visivo, Sabrina guidò il suo cazzo verso il proprio sesso, poi rilasciò la presa su di lui. Un istante dopo, lui si spinse in avanti e la penetrò in un'unica spinta continua fino a raggiungere la profondità delle palle.

Lei premette la testa sul cuscino e inarcò la schiena contro i cuscini del divano mentre lo accoglieva. «Oh Dio!».

«Troppo forte?» chiese Daniel immediatamente e si tirò indietro.

Ma prima che lui potesse ritirarsi completamente, lei gli aveva già messo le gambe intorno e aveva incrociato le caviglie sotto il suo sedere, imprigionandolo. «Non andrai da nessuna parte».

Daniel scosse la testa, i suoi occhi la divorarono. «Non ti merito». Nonostante le sue parole, si tuffò di nuovo in lei. «Ma non ti abbandonerò».

«Meglio di no». Gli tirò la testa verso di sé e premette le labbra sulla sua bocca, baciandolo con tutta la passione e l'amore che provava per lui. Allo stesso tempo, riversò nel bacio tutte le sue speranze per un futuro felice.

Mentre erano sdraiati sul divano a fare l'amore, le luci della città si riflettevano sui loro corpi scintillanti, muovendosi come i loro corpi. Nella penombra del loro salotto, Sabrina si sentiva rinnovata dalla consapevolezza che Daniel sarebbe sempre tornato per lei, non l'avrebbe mai abbandonata. E con il suo corpo le dimostrava che desiderava solo lei, che il suo cuore batteva solo per lei. Lei lo sentiva. Ad ogni spinta del suo cazzo, sentiva il battito del suo cuore riverberarsi nel suo grembo. Ad ogni bacio, sentiva il suo calore diffondersi nel suo cuore.

«Ti amo», sussurrò tra respiri ansimanti e gemiti strozzati.

Erano solo echi dei suoni di piacere di Daniel mentre la prendeva con più passione e allo stesso tempo più teneramente che mai. C'era qualcosa di riverente nel modo in cui l'amava quella sera. Come se la venerasse.

Tutto il suo corpo iniziò a ronzare e a vibrare sotto le sue attenzioni e lei sapeva di non poter più trattenere il suo orgasmo.

«Ora», esortò. «Ora, Daniel!»

Lui la guardò negli occhi e lei poté vederlo così chiaramente: l'amore che non aveva bisogno di parole. Poi gli occhi si chiusero e lui gettò la testa all'indietro. La sua mascella si strinse e le corde del collo si strinsero quando lui si ritrasse e diede un'altra spinta.

Con un gemito, si lasciò andare e sentì le ondate del suo orgasmo inondarla nello stesso momento in cui sentì il calore del suo sperma inondarla. Le spinte di lui rallentarono, mentre i due superavano insieme il loro orgasmo.

Quando Daniel alla fine si fermò, la baciò dolcemente e poi le scostò una ciocca di capelli umidi dalla guancia. La guardò come se volesse dirle qualcosa, ma non c'era nulla da dire. Lei poteva vederlo nei suoi occhi.

Era felice di riaverla con sé. Come lo era lei.

25

Daniel le tenne la mano mentre camminavano verso il retro della casa, dove la tenda era pronta. I fiori erano stati portati e tutto sembrava un sogno. Ma Sabrina sapeva che non era un sogno. Era la realtà. Una realtà che stava per non accadere.

Strinse la mano di Daniel, facendogli distogliere lo sguardo da ciò che accadeva nel giardino dei suoi genitori e fissandolo invece su di lei. I suoi occhi brillano d'amore quando mormorò: «Cosa?».

«Grazie per non esserti arreso».

Si avvicinò al suo viso e le passò le nocche sulla guancia. «Non rinuncerei mai a te o a noi. Noi ci apparteniamo. E abbiamo creato qualcosa insieme. Qualcosa di bello». Abbassò lo sguardo sulla pancia come se potesse già vedere un pancione che si stava formando, anche se Sabrina sapeva che non si sarebbe visto per almeno altri due mesi. «Non importa cosa succederà in futuro, non mi arrenderò mai finché ci sarà amore tra noi. Vale la pena lottare per questo».

«Non ti preoccupa il fatto che stiamo per avere un bambino così presto nella nostra vita insieme?».

«No, anche se sarà difficile dividerti con qualcun altro che vuole il tuo amore». Poi ridacchiò. «La cosa positiva è che avremo una baby-sitter molto devota». Fece un cenno verso la tenda dove sua madre stava dando istruzioni alla fiorista e ai suoi aiutanti su dove posizionare le composizioni floreali.

Sabrina rise. Sua suocera sarebbe stata una nonna meravigliosa. «Temo che una volta che le avremo affidato nostro figlio per un giorno, non vorrà più restituircelo».

«È un rischio certo», ammise Daniel.

«Daniel?» la voce di suo padre giunse all'improvviso dalla casa mentre usciva in giardino. Quando li vide, aggiunse: «Ah, eccovi qui. I Miller hanno appena chiamato per dire che verranno al matrimonio e sono molto dispiaciuti per il disguido dei calendari. Hanno detto che alla fine ce la faranno». Roteò gli occhi.

Daniel scosse la testa. «Un disguido? Sembra che i Miller abbiano appena letto il *New York Times* e abbiano deciso che è di nuovo sicuro essere associati a noi».

Suo padre sorrise. «Sembra di sì. Quindi cerchiamo di essere gentili e di dar loro il benvenuto. Li ho aggiunti nuovamente alla lista degli invitati».

Sabrina indicò Raffaela. «James, forse è meglio che tu lo faccia sapere a tua moglie. Ho la sensazione che vorrà riorganizzare di nuovo i posti a sedere».

James sospirò. «Oh cielo».

Sabrina gli accarezzò la spalla. «Almeno non sono invitati alla cena di prova di stasera. Se dovesse cambiare i preparativi per stasera, sarebbe davvero stressata. Almeno c'è ancora tempo per fare dei cambiamenti per domani».

Il suo futuro suocero fece una smorfia drammatica. «Immagino che nessuno di voi due voglia fare gli onori di casa».

Sia Daniel che Sabrina scossero la testa all'unisono.

«Puoi farcela, papà», lo incoraggiò Daniel mentre si dirigeva verso sua moglie.

«Pensi che saremo così anche noi quando saremo una vecchia coppia di sposi?» chiese Sabrina.

«Vuoi dire ancora innamorati? Ancora giocosi?» Lui le stampò un morbido bacio sulle labbra. «Sì, tutto questo. Te lo prometto».

Prima che potesse appoggiarsi a lui e baciarlo a sua volta, dei passi provenienti da dietro di lei le fecero voltare la testa.

Il respiro di Sabrina le si bloccò nel petto. «Signora Vogel?».

La socia di Yellin, Vogel e Winslow, lo studio che l'aveva licenziata solo pochi giorni prima, salì sul portico. «Mi scusi, signorina Parker», disse esitante e indicò la casa. «La porta d'ingresso era aperta e non c'era nessuno in casa. Mi dispiace di essermi intromessa». Fece un cenno alla tenda. «Sei occupata. Quindi non ti tratterrò a lungo».

Sabrina deglutì e istintivamente prese la mano di Daniel.

«Signor Sinclair». La signora Vogel fece un cenno a Daniel. «Sono venuta a scusarmi con entrambi. A nome di tutto lo studio, sono terribilmente dispiaciuta per il modo in cui vi abbiamo trattato. È stato imperdonabile. Avremmo dovuto sapere che non poteva essere vero. Avremmo dovuto fidarci di te e della tua integrità. Potrei darti un centinaio di scuse per giustificare il tuo licenziamento. Sai, la reputazione, l'immagine e così via. Ma il punto è che abbiamo commesso un errore di valutazione. E per questo siamo davvero dispiaciuti».

Sabrina annuì stupita per le scuse premurose. «Grazie, signora Vogel. Significa molto per me».

«Non è tutto. So che forse non si fida più di noi, signorina Parker, ma noi apprezziamo il suo lavoro presso lo studio. Lei è un avvocato eccellente e ci dispiacerebbe se la perdessimo per sempre. Sono qui per offrirle di nuovo il suo lavoro. Sempre che lo voglia ancora».

Sabrina stentava a credere alle sue orecchie. «Mi sta offrendo di nuovo il mio lavoro?».

Con un sorriso, la signora Vogel annuì. «Prenditi il tempo necessario per prendere una decisione. Ma ci farebbe molto piacere se tornassi da Yellin, Vogel e Winslow dopo la tua luna di miele».

Sabrina scambiò un lungo sguardo con Daniel, che le sorrise incoraggiante. Poi guardò di nuovo la signora Vogel e le tese la mano. «Mi piacerebbe molto».

La signora Vogel emise un respiro di sollievo e strinse la mano di Sabrina. «Grazie. E congratulazioni per il vostro imminente matrimonio».

Pochi istanti dopo la signora Vogel era sparita.

«Non posso crederci!», disse Sabrina e si gettò tra le braccia di Daniel.

La fece girare in cerchio come se fosse un cavallo su una giostra.

«Congratulazioni, tesoro!». Rise. «Vedi, ora va tutto bene».

«Quasi tutto». Sorrise malinconicamente. Il matrimonio era ripreso. Gli ospiti stavano arrivando. Aveva di nuovo il suo lavoro. Ma c'era ancora una cosa che non andava bene.

«Vorrei che mio padre tornasse e mi accompagnasse all'altare domani».

Allora tutto sarebbe stato di nuovo perfetto.

26

«E sei sicuro che sia ancora lì?». Daniel chiese a Tim mentre entrambi scendevano dall'auto davanti al Mill House Inn di East Hampton.

Tim annuì. «Ho parlato con la ragazza che lavora alla reception. Mi avrebbe chiamato se fosse uscito».

Daniel non riuscì a reprimere un sorriso. «Una ragazza, davvero?».

«Ehi, lei pensa assolutamente che io sia etero». Tim scrollò le spalle. «Non è colpa mia se il suo *gaydar* non funziona. Comunque, non mi ha chiamato. Sembra che sia riluttante ad andarsene, dopotutto. Forse ha solo bisogno di una leggera spinta nella giusta direzione».

«Spero che tu abbia ragione. Sai in che stanza si trova?».

«Ventidue. Sali le scale, gira a destra e poi subito a sinistra». Il cellulare di Tim squillò improvvisamente. Lo tirò fuori dalla tasca e guardò il display. «È l'investigatore privato».

«Rispondi». Daniel guardò Tim che rispondeva al telefono. Erano riusciti a far ritirare la storia senza l'aiuto dell'investigatore privato, ma non sarebbe stato male scoprire cosa aveva scoperto l'investigatore privato su Audrey.

«Sì? Sono Tim».

Dalle labbra di Tim uscirono molti "mmh", "ah ah" e "oh" mentre ascoltava l'investigatore privato all'altro capo della linea. Poi finalmente disse: «Mandami il file via e-mail. Grazie, amico».

Riattaccò con un sorriso malizioso sul volto.

«Ha trovato qualcosa?» chiese Daniel, ora curioso.

Tim ridacchiò. «Oh, non crederai mai con chi è andata a letto la nostra piccola sgualdrina Audrey quando aveva sedici anni».

«Con chi?».

Tim scosse la testa. «Te lo dico dopo». Fece cenno alla porta d'ingresso del B&B. «Ora vai a dirgliene quattro. Io aspetto qui e faccio qualche telefonata».

Daniel non chiese spiegazioni a Tim, aprì la porta del bellissimo edificio e fece un passo nell'atrio con i pavimenti in legno scuro e le pareti bianche con appese immagini di vecchie navi e altri motivi marittimi. Diede un'occhiata alla piccola reception. Sul bancone c'era un cartello accanto a un campanellino: *Suonami per essere servito!*

Era perfetto che nessuno presidiasse la reception. Preferiva di gran lunga salire al piano superiore senza essere visto. Seguendo le istruzioni di Tim, trovò subito la stanza in questione. Bussò e attese.

Ci fu un rumore proveniente dall'interno, poi la porta si aprì.

Il padre di Sabrina indossava un paio di pantaloni e una maglietta sporca. Sembrava non rasato e non curato. Daniel inspirò. E aveva bevuto, aggiunse alla sua rapida valutazione.

«Cosa vuoi?» chiese George Palmer.

«Voglio parlare con te».

Per tutta risposta, George spalancò la porta e si fece da parte. Daniel entrò, chiudendosi la porta alle spalle, e si guardò intorno. La TV era spenta. Il *New York Times* era appoggiato sul divano di fronte e sul tavolino c'era una bottiglia di Jim Beam, con un bicchiere mezzo vuoto accanto.

Daniel guardò meglio il giornale e riuscì a leggere la data: era l'edizione di oggi.

«L'hai letto?» chiese a George senza girare la testa verso di lui.

George fece il giro e si accasciò sul divano. «Sì».

«Quindi sai che era tutta una bugia».

Il suo futuro suocero non lo guardò, ma annuì con la testa. Prese il bicchiere e ne bevve un bel sorso.

«Allora cosa ci fai qui a tenere il broncio? Dovresti smaltire la sbornia per essere pronto per il matrimonio di domani». Daniel scavalcò un paio di calzini sporchi e girò intorno al divano per fissarlo. «Dannazione! Qual è il tuo problema? Tua figlia ha bisogno di te!».

George si schernì e sollevò le palpebre per un attimo, ma le abbassò di nuovo rapidamente, come se non riuscisse a guardare Daniel negli occhi. «Non ha bisogno di me. Non dopo le cose che le ho detto».

«Non è vero. Ogni ragazza ha bisogno che suo padre la accompagni all'altare, indipendentemente da quello che è successo prima».

George scosse la testa. «L'ho chiamata squillo! Non lo capisci? Non posso rimangiarmi tutto. Tutte le scuse di questo mondo non basteranno a ripristinare il rapporto con mia figlia». Singhiozzò e Daniel notò che gli occhi dell'uomo si inumidirono di lacrime. «Ho fatto un casino. Avrei dovuto fidarmi di lei. Avrei dovuto saperlo! È la mia bambina. Non avrebbe mai fatto una cosa del genere. Perché non le ho creduto? Perché non le ho creduto sulla parola?».

Daniel si abbassò e spostò il giornale per fare spazio sul divano, prima di sedersi accanto a lui. «Tutti commettiamo degli errori. Le scuse servono a questo».

«Ho commesso troppi errori. Lei merita di meglio di me».

«Sei ancora suo padre. Lei ti ama. Hai davvero intenzione di rovinare il giorno del matrimonio della tua unica figlia restandone fuori? Lasciando che un estraneo la accompagni all'altare? Sai come si sentirà?». Fece una pausa per un momento. «Si sentirà abbandonata da suo padre. Penserà che non le vuoi più bene».

George saltò in piedi. «Non è vero! Io la amo!».

Anche Daniel si alzò, puntando il dito sul petto di George. «Allora dimostralo! Non crogiolarti nel tuo dolore!». Indicò la bottiglia. «Pensi che l'alcol colmerà la frattura tra voi due? Posso assicurarti che non lo farà! L'unico modo per risolvere la situazione è andare da Sabrina e chiederle scusa. Lei ti perdonerà. Te lo prometto. Tua figlia ha un'incredibile capacità di perdono e lo so per certo. In passato, l'ho ferita più di quanto tu abbia fatto. Ma lei mi ha perdonato. E questo mi ha insegnato molto su tua figlia. Mi ha insegnato chi è lei e chi sono io. E chi sarei senza di lei. Ecco perché, qualunque cosa accada, chiederò sempre il suo perdono e farò sempre tutto ciò che è in mio potere per renderla felice. Perché il pensiero di vedere Sabrina infelice mi spezza il cuore in mille pezzi. Quindi, se la ami anche solo una minima parte si quanto la amo io, allora parteciperai a questo matrimonio, o ti assicuro che rimpiangerai per il resto della tua vita di non aver preso parte al giorno più felice della vita di tua figlia».

Senza aspettare la risposta di George, Daniel girò sui tacchi e si diresse verso la porta.

Quando girò la maniglia, la voce di George lo raggiunse. «E se non mi perdonasse?».

«È un rischio che dovrai correre».

Daniel aprì la porta e lasciò la stanza. Ora spettava a George trovare il coraggio di chiedere perdono. Daniel non poteva fare altro.

27

Daniel lanciò un'occhiata a Sabrina che rideva per qualcosa che le aveva detto sua madre. Si erano appena alzati da tavola, dove si erano goduti la cena di prova, che si stava svolgendo nella stessa tenda dove si sarebbe celebrato il matrimonio il giorno successivo. Sabrina era bellissima con un semplice ma elegante abito da sera stile impero di un tenue verde pastello che metteva in risalto il suo seno e i suoi occhi. I suoi occhi si abbassarono fino al punto in cui la stoffa scorreva sul suo ventre ancora piatto. Presto tutti avrebbero potuto vedere che il loro bambino stava crescendo dentro di lei. Non riuscì a reprimere l'orgoglio e la felicità che provava al pensiero che Sabrina gli avrebbe dato un figlio.

«Daniel? Mi hai sentito?». Paul Gilbert gli diede una gomitata sul fianco.

Daniel distolse lo sguardo da Sabrina. «Scusa. Che cosa hai detto?».

Paul rise. «Ho detto che non è troppo tardi per cambiare idea. Fai le valigie e ti portiamo via da qui».

Jay, che si era avvicinato a lui, annuì in segno di assenso. «Assolutamente».

Daniel alzò gli occhi sui suoi due amici. «E lasciatemi indovinare, entrambi sarete più che disposti a consolare la mia fidanzata tradita?».

Paul scambiò un sorriso con Jay. «Qualcuno dovrà farlo».

«Grazie per l'offerta, ma niente al mondo che mi impedirà di sposare Sabrina domani». Lanciò di nuovo un'occhiata in direzione di Sabrina. «Niente al mondo».

«Ecco, ragazzi, l'abbiamo perso», scherzò Paul, e tutti intorno a loro risero. «Lasciamo questo cucciolo malato d'amore e prendiamo un altro drink al bar, prima che ci buttino fuori. Che ne dici, Jay?».

«Mi hai convinto a *drink*», scherzò Jay.

Daniel guardò i due camminare verso il bar e sospirò. I suoi occhi vagarono sugli ospiti riuniti. Stasera erano riuniti solo circa venticinque amici intimi e familiari: i suoi genitori, i membri del Club degli Scapoli degli Hamptons, Holly e Tim, ovviamente, la madre di Sabrina e diversi parenti che erano arrivati in giornata. Tuttavia, il padre di Sabrina non si era presentato. Sarebbe stato presente domani? Daniel lo sperava con tutto il cuore, perché il fatto che il padre di Sabrina non ci fosse per accompagnarla all'altare sarebbe stata l'unica cosa che ancora rovinava il matrimonio perfetto.

Daniel stava per avvicinarsi a Sabrina, quando qualcosa entrò nel suo campo visivo. Girò la testa e fissò Audrey, che si era avvicinata alla tenda e ora era entrata nell'area illuminata. I suoi capelli rossi brillavano come quelli di un angelo caduto in cerca di vendetta. Così come i suoi occhi. Audrey era in missione.

Daniel posò il suo bicchiere di champagne sul tavolo più vicino e si diresse verso di lei, con l'intento di evitare che raggiungesse Sabrina e creasse problemi in quella serata altrimenti perfetta.

Si fermò davanti a lei. «Non sei la benvenuta qui. Vattene o ti farò scortare fuori dalla polizia».

«Avanti, chiamala! Poi dirò loro che mi stai ricattando!». Lei spinse una grande busta verso di lui.

Abbassò lo sguardo su di essa. «Che cos'è?».

«Come se non lo sapessi!».

Dei passi si avvicinano alle sue spalle. Daniel si guardò alle spalle e notò Tim e Holly che si affrettavano nella sua direzione.

«Quindi hai ricevuto il mio pacco», disse Tim con nonchalance.

Lo sguardo di Audrey si posò su Tim. «Chi cazzo...».

«Oh, dimenticavo, non ci siamo mai incontrati ufficialmente. Sono Tim, il migliore amico di Daniel. E mi prendo cura di lui e di Sabrina».

Accanto a lui, Holly appoggiò le mani sui fianchi. «Lo facciamo entrambi. E non ci piacciono le persone come te».

«Daniel non ha nulla a che fare con tutto questo», affermò Tim e lanciò un'occhiata laterale a Daniel.

Daniel indicò la busta. «La roba che ha trovato l'investigatore privato?».

Tim annuì. «Tutti i dettagli più succulenti». Sorrise ad Audrey. «Chi avrebbe mai pensato che alla tenera età di sedici anni la nostra cara Audrey si scopasse Kevin Boyd che, se i miei calcoli sono corretti, all'epoca aveva ventisette anni ed era già sposato con Linda».

«Credo che si chiami stupro di minore», ha aggiunto Holly. «Non sarebbe una cosa terribile se questo venisse reso pubblico e rovinasse la vita di Kevin? Immagino che la tua migliore amica Linda non prenderà bene questa rivelazione. E nemmeno che suo marito finisca in prigione. Sarebbe un criminale sessuale registrato. Che scandalo!». Ridacchiò.

«Pensi che sia divertente?» Audrey si rivolse a Holly.

«È divertente quasi quanto la storia ridicola di Sabrina che fa la squillo per il giornale», ribatté Holly.

Audrey si avvicinò e puntò l'indice nella spalla di Holly. «Puttana!».

Holly scrollò le spalle, sorridendo. «Chiamami come vuoi. Ma francamente non me ne frega un cazzo della tua opinione». Poi il suo sorriso svanì. «Ora porta il tuo culo secco fuori di qui! E se ti sentiamo ancora parlare, una copia di questi documenti andrà direttamente al procuratore distrettuale e porteremo Kevin Boyd a trascinarti nel fango insieme a lui. Vedrai come ti piacerà».

L'espressione sul viso di Audrey cambiò. Sapeva di aver perso. Con uno sbuffo rabbioso, si voltò e si precipitò nell'oscurità.

Daniel si girò verso Holly e Tim, scuotendo la testa verso Tim. «Pensavo di averti detto che non avevo più bisogno di vendetta. La mia miglior vendetta è essere felice con Sabrina».

Tim sorrise. «Lo so. Ma ho pensato che una piccola polizza assicurativa per il vostro futuro felice senza più alcuna interferenza da parte di Audrey fosse d'obbligo. Anche se alla fine scoprirà che il caso di stupro è già caduto in prescrizione, non cambierà nulla rispetto alla reazione della moglie di Kevin o della comunità».

Daniel afferrò la spalla di Tim e la strinse, poi abbracciò Holly. «Grazie, ragazzi».

«Ehi, cosa sta succedendo?». La voce di Sabrina lo raggiunse mentre si avvicinava.

Daniel lasciò Holly e aprì le braccia per attirare Sabrina contro il suo corpo. «Holly e Tim si sono appena assicurati che non ci saranno più ostacoli sulla nostra strada».

Sabrina ridacchiò e lanciò un'occhiata ai due amici. «Perché ho la sensazione che questo abbia a che fare con Audrey?».

«Perché sei una donna intelligente. Ti racconterò tutto più tardi», rispose Daniel e la baciò.

28

Sabrina stava fissando lo specchio a figura intera, guardando il suo riflesso, e riusciva a malapena a credere di essere quella donna con il bellissimo abito da sposa bianco. Aveva sognato quel giorno da sempre e ora era finalmente arrivato.

«Oh, Sabrina, sei assolutamente incantevole».

Si voltò a guardare sua madre. «Grazie».

Holly e Raffaela entrarono un attimo dopo.

«Sabrina, cara, sei così bella». Raffaela la abbracciò con delicatezza, facendo attenzione a non sgualcire il vestito.

«Grazie». Sabrina singhiozzò e prese un respiro tremante.

«Non osare piangere», la ammonì Holly. «Rovinerai il trucco e non abbiamo tempo per rimediare».

Ridendo, Sabrina disse: «Non preoccuparti. Risparmierò le lacrime per la cerimonia».

«Bene», disse Raffaela. «Ho una cosa che vorrei darti». Le porse una scatola rettangolare di velluto nero.

Sabrina la aprì. I suoi occhi si allargarono quando vide la bellissima collana antica con uno smeraldo brillante al centro. Alzò lo sguardo verso Raffaela. «È bellissima».

«La pietra apparteneva alla nonna di Daniel». Raffaela sorrise. «Qualcosa di antico».

Le lacrime salirono agli occhi di Sabrina. Si sventolò il viso con la mano nella speranza di tenerle a bada. «Mi aiuti a metterla?».

«Naturalmente». Raffaela estrasse la collana dalla scatola, la avvolse intorno al collo di Sabrina e chiuse il fermaglio. «Ecco».

Sabrina si avvicinò e mise le dita sulla collana, poi si guardò allo specchio. La pietra verde metteva in risalto il colore verde dei suoi occhi.

«Tocca a me», disse Holly eccitata. «Ecco la tua *cosa presa in prestito*». Holly aprì il palmo della mano. «I miei orecchini di diamanti a goccia che ti piacciono tanto».

Sabrina li guardò. «Sei sicura?».

Holly rise. «Preso in prestito, ricordi?».

Sabrina annuì e abbracciò Holly, poi prese gli orecchini e li indossò.

«E infine, il tuo *qualcosa di blu* e *qualcosa di nuovo*», disse sua madre. «Forse ne hai già uno, quindi se ce l'hai, toglilo e usa questo».

Ridendo, Sabrina prese il piccolo sacchetto regalo dorato e sbirciò all'interno. Era un reggicalze di seta blu.

«Oh, mamma, grazie!» Avvertiva un rossore che le saliva sulle guance. «In realtà non ne avevo uno. Non so come ho fatto a dimenticarlo».

«Beh, ora ne hai uno. È l'unica cosa che conta». Sua madre sorrise mentre Sabrina faceva scivolare il reggicalze lungo la coscia.

Sabrina tornò verso lo specchio e si girò davanti ad esso per quella che le sembrò la centesima volta. Oggi era il giorno in cui avrebbe sposato l'uomo dei suoi sogni, l'uomo che aveva realizzato tutti i suoi sogni. Oggi avrebbe percorso la navata e sarebbe diventata la moglie di Daniel.

Al pensiero di percorrere la navata, il suo sorriso si spense. Il padre di Daniel si era offerto di fare gli onori di casa. Apprezzò la sua offerta, ma non sarebbe stata la stessa cosa della presenza di suo padre.

Sentì una mano sull'avambraccio e alzò lo sguardo. Sua madre incontrò il suo sguardo nello specchio. «Arriverà, tesoro».

Sabrina annuì, anche se non ci credeva. Non sarebbe venuto.

«Credo sia meglio chiedere a James di entrare adesso. È ora». Amava il padre di Daniel. Sarebbe stato al suo fianco per consegnarla a suo figlio. Avrebbe dovuto farlo.

Raffaela annuì e si diresse verso la porta, quando si sentì bussare con esitazione. Aprì la porta. «Oh!».

Sabrina si voltò al suo sussulto di sorpresa. Il respiro le si bloccò in gola quando vide l'uomo che si trovava nella cornice della porta, vestito con un abito scuro, una camicia bianca e una cravatta. Non l'aveva mai visto vestito in modo così elegante.

«Papà», sussurrò, con gli occhi ancora una volta umidi di lacrime. Stava sognando?

Lo sguardo di lui si incontrò con quello di lei quando entrò nella stanza, mettendo un piede esitante davanti all'altro.

«Holly». Raffaela fece un gesto a Holly e le due uscirono dalla stanza, chiudendosi la porta alle spalle e lasciando Sabrina da sola con i suoi genitori.

«Mi dispiace tanto, tesoro», esordì suo padre. «Avrei dovuto crederti».

Sabrina singhiozzò. «Oh, papà, ora sei qui. È l'unica cosa che conta». Aprì le braccia e suo padre fece gli ultimi passi che li separavano e la abbracciò.

«Perdonami».

Non riusciva a dire nulla, perché si sentiva soffocare. Quindi annuì e lottò contro le lacrime. Quando lui la liberò dall'abbraccio, la guardò in alto e in basso.

«Sei così bella. Non potrei essere più orgoglioso di te».

Sabrina sorrise e notò che sua madre si avvicinò e mise una mano sull'avambraccio del suo ex marito. Lui si girò a guardarla.

«Sei un buon padre, George. Lo sei sempre stato. Noi due non eravamo fatti l'uno per l'altro. Ma abbiamo fatto una cosa buona insieme, non è vero?». Sua madre lanciò un'occhiata a Sabrina, con una patina umida che le copriva gli occhi.

Suo padre annuì. «Sì, abbiamo cresciuto una figlia meravigliosa». Poi mise un braccio intorno alla sua ex moglie e la abbracciò a sé per un breve momento.

Era il gesto più tenero che avesse mai visto scambiarsi i suoi genitori.

«È ora che tu ti sposi». Suo padre le tese il braccio. «Sei pronta?».

«Sì», disse lei, prendendo il braccio di lui e permettendogli di condurla fuori dalla stanza, mentre sua madre li seguiva.

Dopo aver sceso le scale e attraversato il corridoio, raggiunsero il portico che conduceva alla tenda sul retro del giardino dei Sinclair. Sabrina sentì il cuore battere all'impazzata. Ora era tutto perfetto.

Sentì tutti gli occhi puntati su di lei quando lei e suo padre salirono sul tappeto che portava al podio su cui Daniel e il prete aspettavano, Tim e Holly ai loro lati. Gli occhi di Sabrina videro solo Daniel. Era in piedi sull'altare, sorridente, con gli occhi che brillavano, sembrava un Adone nel suo smoking su misura.

Le sembrava di camminare su una nuvola mentre suo padre la accompagnava lungo la navata, verso il suo sposo in attesa.

Quando raggiunsero il podio, suo padre la baciò sulla guancia. «Sono così orgoglioso di te». Poi si fece da parte e prese posto in prima fila accanto ai futuri suoceri.

Daniel le prese la mano. «Sei così bella, piccola. Mi togli il fiato».

Sabrina non riusciva a dire una parola per paura di piangere, perché era così commossa.

Padre Vincent fece un respiro profondo e iniziò. «Siamo qui riuniti oggi per unire Sabrina Palmer e Daniel Sinclair nel sacro vincolo del matrimonio. Gli sposi mi hanno informato di aver scritto i loro voti».

Padre Vincent fece un cenno a Daniel, facendogli segno di iniziare.

Daniel le prese entrambe le mani tra le sue e sorrise. «Sabrina, amore mio, sei entrata nella mia vita quando meno me lo aspettavo e più ne avevo bisogno. Nel breve tempo in cui ci siamo conosciuti, mi hai dato più motivi per vivere di chiunque altro abbia mai incontrato. Sei il motivo per cui voglio alzarmi la mattina e per cui non vedo l'ora di andare a letto la sera».

Sabrina si sentì arrossire il viso mentre la folla ridacchiava.

Daniel continuò imperterrito. «Grazie a te, sono una persona migliore». Si girò verso Tim e prese l'anello che il suo amico gli porgeva. Lentamente, deliberatamente, lo fece scivolare sul suo dito.

«Prometto di passare ogni momento della mia vita ad amarti. Prometto di farti sorridere ogni giorno, di dirti che ti amo ogni sera e di non darti mai per scontata. Finché avrò vita, ti amerò e ti custodirò».

Il viso di Sabrina era bagnato di lacrime e le sue labbra tremavano. Le sue mani tremavano e Daniel le stringeva in modo rassicurante.

«Sabrina?» Padre Vincent la incalzò.

Annuì e si asciugò il viso con il dorso della mano. Facendo un respiro profondo, cercò di parlare, ma la voce le venne meno. Si schiarì la gola e riprovò.

«Daniel». La sua voce era tremolante. «Ogni bambina sogna di trovare il suo cavaliere dall'armatura splendente. Per tanti anni ho creduto davvero che non l'avrei mai trovato, ma poi ho incontrato te».

Fece una pausa e si inumidì le labbra, sperando di evitare un altro giro di lacrime. «Mi hai mostrato cos'è il vero amore. Daniel, mi sono innamorata di te nel momento in cui ti ho incontrato senza sapere perché. Ma ora lo so. Perché mi hai dimostrato più volte che lotterai per la nostra felicità e ucciderai ogni drago per me. Proprio quando penso di non poterti amare di più, il mio amore per te si rafforza». Le sfuggì un singhiozzo mentre prendeva l'anello da Holly e lo infilava al dito di Daniel. «Prometto di amarti e di onorarti finché avrò vita, e di lottare per il nostro amore tanto quanto te».

Padre Vincent alzò le mani e annunciò: «Ora vi dichiaro marito e moglie. Puoi baciare la sposa».

Prima che l'ultima parola lasciasse le labbra del prete, la bocca di Daniel stava già catturando quella di Sabrina per un bacio profondo. Le sue labbra erano morbide e dolci, la sua lingua deliziosa e implorante. Sabrina fece scivolare la mano sulla nuca di lui e assaporò il loro legame. Daniel le strinse le braccia intorno, tirandola contro di sé, prima di lasciare le sue labbra per un momento.

«Ti amo, signora Sabrina Sinclair», sussurrò, e poi la baciò di nuovo.

Il suo bacio le diede le vertigini e, se non l'avesse tenuta così stretta, sarebbe potuta cadere. Quando si voltarono verso i loro ospiti, volti sorridenti li accolsero.

Erano finalmente uniti. Marito e moglie.

29

Daniel fece volteggiare Sabrina sulla pista da ballo. Il ricevimento di nozze, pieno di parenti e amici felici, era stato perfetto. Quando si fu concluso e il sole fu tramontato, lasciando spazio a un cielo notturno scintillante, Daniel non vedeva l'ora di passare la notte con la sua nuova sposa. Aveva pensato di toglierle il suo bellissimo abito da sposa dal momento in cui l'aveva vista camminare verso di lui al braccio del padre.

«Oggi è stato un sogno assoluto», disse Sabrina con un sorriso.

«Perfetto», le mormorò all'orecchio. «Ma non è ancora finita».

Lei rise dolcemente. «Beh, spero di no».

«Che ne dici? Vogliamo andarcene da qui? Ho un'auto che ci aspetta per portarci in un hotel per la notte».

Sabrina si guardò intorno. «Abbiamo ancora degli ospiti. Non possiamo ancora andarcene».

«È il nostro matrimonio. Possiamo fare quello che vogliamo. Inoltre, tutti si aspettano che ce ne andiamo». Fece un cenno agli invitati che stavano ballando, parlando e bevendo.

«Hai detto in un hotel, eh?».

«Sì. Stasera alloggeremo in un hotel. Ho pensato che fosse più appropriato che stare nella mia vecchia stanza a casa dei miei genitori. E domani partiremo per la nostra luna di miele».

Sabrina gli intrecciò le mani dietro il collo. «Allora, dove hai detto che mi porti?».

Daniel gettò la testa all'indietro e rise. «Non l'ho detto».

«Non lo farai, vero?».

Scosse la testa. «Solo un indizio. È la fine più bella del mondo».

Lei gli sfiorò la guancia con le labbra. «Portami a letto allora».

«Pensavo che non me l'avresti mai chiesto».

Poco dopo, una limousine li lasciò in un Bed and Breakfast nascosto ad Amagansett. Una bottiglia di champagne li aspettava nella loro lussuosa camera, ma Daniel non aveva sete. Tutto ciò che voleva era fare l'amore con Sabrina e consumare il loro matrimonio.

Piegò il dito per farle cenno di venire da lui.

Con grazia felina si avvicinò, la gonna ampia e la sottogonna cucita del suo abito da sposa frusciavano nella quiete della stanza. Lui si soffermò su di lei, sulla scollatura profonda del corpetto aderente che spingeva i suoi seni verso l'alto in modo che sembrassero ancora più pieni del normale e sulla sua vita sottile che la faceva sembrare una principessa delle favole.

I loro occhi si incontrarono e lui si rese conto che anche lei aveva posato lo sguardo su di lui nello stesso modo.

Avvicinò la mano per accarezzarle la guancia e far scorrere le dita sul collo. La sua pelle era calda. Lui abbassò la testa e le catturò le labbra, baciandola dolcemente, delicatamente, venerandola. I secondi passarono e si trasformarono in minuti, quando il suo bacio divenne più profondo e più urgente, più esigente.

Lentamente, senza dire una parola, iniziò a spogliarla. Era grato che avesse scelto un abito da sposa con la cerniera sul retro e non uno con decine di piccoli bottoni rotondi che correvano lungo la schiena come aveva visto su altri abiti. Almeno in questo modo poteva garantire che il vestito sarebbe rimasto intero e non sarebbe stato strappato dalle sue mani impazienti.

Daniel spinse il vestito sul busto, poi sui fianchi, fino a farlo cadere ai suoi piedi. Sabrina ne uscì, senza staccare le labbra dalle sue. La attirò di nuovo contro di sé, sentendo la sua pelle nuda. Ora indossava solo un reggiseno senza spalline, le mutandine e i suoi tacchi bassi.

Quando le mani di lui scivolarono verso il suo sedere, un gemito uscì dalle labbra di Sabrina e rimbalzò contro quelle di lui.

Le sue dita artigliarono la giacca dello smoking, strappandogliela dalle spalle. Poi si dedicarono alla camicia, strattonandola e tirandola fino a quando non riuscì a sfilargliela dalla cintura. Lei lavorò freneticamente sui bottoni, slacciando ciascuno di essi in modo rapido e abile, mentre lui si slacciava il papillon e lo gettava a terra.

La sensazione delle mani e delle dita di lei che si muovevano sul suo petto quando gli tolse la camicia lo fece tremare di eccitazione. Poi le mani di lei si abbassarono e scivolarono sulla cerniera dei suoi pantaloni neri. Lui staccò le labbra dalle sue e ansimò per prendere aria. Poi lei lo strinse attraverso il tessuto.

«Cazzo!», esclamò lui.

«Un po' sensibile?» mormorò la sua sensuale seduttrice.

Lui incontrò il suo sguardo provocante. «Non giocare con il fuoco se non riesci a sopportare il calore».

Daniel la prese in braccio e la portò sul letto, dove la adagiò sulle lenzuola. Poi si liberò delle scarpe, dei calzini e si tolse i pantaloni e i boxer. Finalmente sentiva di poter respirare di nuovo.

Quando lui la guardò, notò che il suo sguardo era caduto sul suo cazzo che si incurvava verso l'alto, duro e pesante. Pronto per lei. Si leccò le labbra come se volesse assaggiarlo, ma stasera non avrebbe avuto la possibilità di farlo. Avrebbe perso il controllo se le avesse permesso di avvolgere la sua piccola bocca calda intorno al suo cazzo e sarebbe venuto così velocemente che tutto sarebbe finito in un attimo.

«Dio, sei così bella». Si chinò su di lei e fece scivolare le mani sotto le sue mutandine. Lei si sollevò dal materasso in modo che lui potesse farle scivolare lungo le sue gambe snelle. Quando raggiunse i piedi, le tirò il perizoma sopra i sandali bianchi con il tacco alto.

«Togliti il reggiseno», chiese, con la voce che diventava più roca ogni secondo che passava.

Osservò affascinato mentre lei si allungava dietro di lei e apriva la chiusura, poi liberava i seni dalla loro gabbia. L'indumento cadde sul pavimento.

Sabrina sembrava più sexy e seducente di quanto l'avesse mai vista. Diede un'altra occhiata ai suoi sandali. Sì, le avrebbe permesso di tenerli. Gli ricordava la volta in cui avevano fatto l'amore sulla scrivania del suo ex capo, subito dopo aver firmato quel ridicolo contratto che la rendeva la sua escort esclusiva.

Lentamente, scivolò su di lei, appoggiandosi sui gomiti e sulle ginocchia, mentre le cosce di lei si aprivano automaticamente per fargli spazio.

La sua bocca trovò di nuovo la sua e la baciò profondamente, appassionatamente, con desiderio, mentre le sue mani accarezzavano la sua pelle di seta. Sotto le sue dita la sentì tremare.

Un sospiro le uscì dalle labbra quando lui si fermò per riprendere fiato.

«Daniel...».

Sentirla pronunciare il suo nome in quel modo - sussurrato, bisognoso, seducente - gli scagliò una lancia di desiderio nel cuore e fino alle palle, tirandole su con forza sotto la base del suo cazzo duro come la roccia. Quando premette i fianchi contro il suo bacino, il calore del suo corpo lo attraversò, accendendogli un fuoco nel corpo che solo lei avrebbe potuto spegnere.

«Sabrina, amore mio», mormorò mentre si immergeva nel suo corpo caldo e accogliente. Centimetro dopo centimetro, scivolò in profondità fino alla base.

Le sue gambe lo avvolsero, tenendolo stretto a sé. Sentì la lunghezza dei tacchi di lei premere contro il suo sedere, provocandogli un'altra scarica di elettricità.

«Sì». Le mani di Sabrina si infilarono nelle sue spalle, tirandolo verso di sé per un altro bacio.

Lui non ebbe obiezioni e catturò la sua bocca come un barbaro invasore, come un conquistatore intenzionato a prendersi il premio che gli veniva offerto. Non si era mai sentito così primordiale, così senza filtri. Finalmente Sabrina era sua. Nulla avrebbe mai più potuto frapporsi tra loro. Avevano superato tutti gli ostacoli, tutte le barriere che erano state poste sul loro cammino.

La sua fica stretta si contrasse intorno a lui, tirando il suo cazzo più a fondo e stringendolo più forte. Daniel affondava dentro e fuori di lei con costanza e abilità, portandosi sull'orlo della follia e poi ritirandosi di nuovo per guadagnare tempo fino a quando non sarebbe accaduto l'inevitabile. Ma ad ogni sequenza, diventava sempre più difficile controllare il suo corpo, più difficile trattenere il bisogno di liberarsi. Stare con Sabrina era sempre così: intenso, totalizzante e ardente. Lei lo eccitava più di qualsiasi altra donna.

Una sottile coltre di sudore si era formata sui loro corpi e ogni volta che si scontravano, il suono del loro fare l'amore si riverberava nella stanza. Insieme ai loro respiri incontrollati, ai loro sospiri e ai loro gemiti, sembrava una sinfonia di lussuria e passione. Era una canzone che non voleva finisse, anche se sapeva di non poter resistere ancora a lungo.

Dal modo in cui il petto di Sabrina si sollevò e i suoi fianchi si strinsero contro di lui, capì che era vicina quanto lui. Non c'era più modo di trattenerla.

«*Per sempre*». Per sempre, pensò mentre si ritirava per poi immergersi di nuovo in lei.

Un brivido visibile attraversò il suo corpo e si infranse contro di lui proprio mentre il suo cazzo esplodeva, pompando il suo seme dentro di lei.

Mentre il suo corpo tremava ancora per i postumi dell'orgasmo, così come quello di lui, le labbra di Sabrina si mossero.

«*Per sempre*», ripeté lei e fissò gli occhi nei suoi.

Era una promessa che avrebbe mantenuto.

EPILOGO

Holly guardò Paul, che si trovava al bar in fondo alla tenda, in attesa che il barista gli preparasse un altro drink. Anche se le era stato presentato durante la cena di prova, non gli aveva rivolto più di dieci parole. Era una cosa che voleva cambiare. E non solo perché Sabrina le aveva detto di essere gentile con lui. No, con un uomo come lui voleva parlare in qualsiasi momento. E non solo parlare. Voleva molto di più.

Lo guardò con attenzione. Lo smoking gli calzava a pennello e aveva il tipo di aspetto rifinito alla James Bond che lei pensava solo James Bond o Cary Grant potessero sfoggiare senza apparire snob. Sapeva esattamente come sarebbe stato un uomo come Paul a letto. Sapeva come l'avrebbe spogliata, come l'avrebbe toccata, come il suo corpo si sarebbe strusciato contro di lei. Come il suo cazzo sarebbe scivolato dentro di lei con una spinta vigorosa e avrebbe toccato il suo grembo, l'avrebbe riempita, l'avrebbe allargata.

Sapeva tutto questo solo guardandolo. Aveva sempre evitato gli uomini come lui. Preferiva che i suoi clienti fossero nella media a letto. In questo modo era più facile rimanere distaccata e tenere le sue emozioni fuori dal gioco. Ecco perché evitava gli uomini come Paul. Perché per una volta avrebbe potuto provare davvero qualcosa.

Mentre i suoi piedi la portavano vicino a lui, anche se il suo cervello le diceva di stargli lontano, iniziò a giustificare l'azione che stava per compiere. Era in vacanza. Non era concessa a tutti una scappatella in vacanza? Un'avventura di una notte che avrebbe portato a nulla o a tutto? Anche una escort ogni tanto doveva dimenticare il suo lavoro, lasciarsi andare e fare solo ciò che le diceva il cuore.

Inoltre, non aveva già deciso di lasciare l'attività di escort, anche se non l'aveva ancora detto al suo capo Misty? Non aveva già deciso che aveva chiuso con tutto questo? Quindi che male c'era a flirtare con un uomo come Paul? Che male c'era a fargli sapere che stasera era disponibile se lui voleva portarla a letto?

Prima che potesse davvero rispondere alle sue domande, lo aveva già raggiunto. Lui doveva averla vista con la coda dell'occhio, perché si girò e le sorrise, mentre i suoi occhi scendevano fino alla scollatura del suo abito da damigella rosso. Quando si accorse del suo sguardo ammirato, ringraziò silenziosamente Sabrina per non averle fatto indossare qualcosa di rosa o arancione. Il rosso le donava molto di più.

«Holly», la salutò Paul, sollevando lo sguardo verso i suoi occhi. «Allora è quasi finita». Fece cenno ad alcuni ospiti che stavano raccogliendo le loro cose per andarsene.

Lei abbassò le palpebre per metà, ma non evitò mai il suo sguardo. «Non deve per forza essere così».

Il petto di Paul si sollevò improvvisamente come se stesse tirando un respiro profondo. «No, non deve». Mise giù il bicchiere che il barista gli aveva consegnato e cercò invece la mano di lei. «Non credo che abbiamo già ballato».

Quando la attirò tra le braccia e la guidò verso la pista da ballo, il cuore di Holly iniziò a battere all'impazzata. Il suo tocco era elettrizzante! Con una mano le strinse la sua, con l'altra le premette contro la schiena per tirarla verso il suo corpo. Poteva sentire il calore irradiato da lui nonostante la brezza serale proveniente dall'oceano.

Mentre lui la guidava nel primo giro di un lento foxtrot, lei cercò qualcosa da dire per coprire il suo nervosismo. Non era da lei. Non era nervosa e timida quando si trattava di uomini. Allora perché si sentiva in dovere di colmare il silenzio tra loro? «Sabrina ha detto che l'hai salvata dalla donna del negozio di lingerie».

«Non è stato niente», affermò Paul, sorridendo.

«Ha significato molto per Sabrina. Eri lì per lei quando aveva bisogno di qualcuno. È la mia migliore amica. Sei stato gentile con lei. Questo significa che io sarò gentile con te». Il suo battito accelerò mentre pronunciava parole che sapeva che lui avrebbe potuto interpretare solo in un modo.

Paul abbassò la testa verso il suo orecchio. Il suo respiro caldo le fece correre un brivido lungo il corpo. «Quanto gentile?».

«Molto gentile per tutto il tempo che vuoi, ovunque tu voglia». Le si mozzò il fiato per le sue stesse parole audaci. Aveva appena perso la testa e offerto a un uomo che conosceva appena una notte senza limiti.

«Allora cosa ci facciamo ancora sulla pista da ballo?» rispose lui e le fece scivolare la mano sul sedere, premendo il suo inguine contro di lei. Poteva già sentire un muscolo duro lì, un muscolo che sarebbe diventato sempre più duro e grande con il passare della serata, sperava.

Sentire la sua eccitazione le diede una nuova fiducia. «Non dovremmo almeno finire questo ballo, in modo che la gente non ci fissi quando ce ne andiamo di corsa?».

«Holly, Holly», mormorò e le diede un bacio caldo sotto l'orecchio. «Possiamo finire questo ballo se insisti, ma ti garantisco che se lo facciamo, la gente inizierà a fissarci. A te la scelta».

Quando sentì il suo bacino sfregare di nuovo contro di lei, capì che non c'era davvero altra scelta.

«Non mi è mai importato molto di ballare, comunque».

«Saggia scelta», rispose lui e la liberò dal suo abbraccio solo per prenderle la mano e condurla all'uscita della tenda.

Non le importava dove l'avrebbe portata, bastava che qualcosa di morbido le ammortizzasse la schiena e che qualcosa di duro si spingesse dentro di lei.

INFORMAZIONI SULL'AUTRICE

Tina Folsom è nata in Germania e vive in paesi anglofoni dal 1991. È un'autrice bestseller del *New York Times* e di *USA Today*. La sua serie bestseller, *Vampiri Scanguards*, ha venduto oltre 2 milioni di copie in tutto il mondo. Tina ha scritto oltre 50 libri, pubblicati in inglese, tedesco, francese, italiano e spagnolo. Tina scrive di vampiri (serie *Vampiri Scanguards* e *Vampiri di Venezia*), divinità greche (serie *Fuori dall'Olimpo*), immortali e demoni (serie *Guardiani Furtivi*), agenti della CIA (serie *Nome in Codice Stargate*), viaggiatori nel tempo (serie *Time Quest*) e scapoli (serie *Il Club di Scapoli*).

Tina è sempre stata un'amante dei viaggi. Ha vissuto a Monaco (Germania), Losanna (Svizzera), Londra (Inghilterra), New York City, Los Angeles, San Francisco e Sacramento. Oggigiorno, ha fatto di una città balneare della California meridionale la sua casa permanente, assieme al marito e al loro cane.

Per saperne di più su Tina Folsom:
Visita il suo sito web: https://tinawritesromance.com/edizioni-italiane/
Iscriviti alla sua newsletter: https://tinawritesromance.com/newsletters/
Seguila su Instagram: https://www.instagram.com/authortinafolsom/
Iscriviti al suo canale YouTube: https://www.youtube.com/c/TinaFolsomAuthor
Seguila su Facebook: https://www.facebook.com/TinaFolsomFans/

www.ingramcontent.com/pod-product-compliance
Lightning Source LLC
LaVergne TN
LVHW041220080526
838199LV00082B/1339